Pas de cadavre sous le sapin !

PAS DE CADAVRE
SOUS LE SAPIN !

Fleur Bonneau

PAS DE CADAVRE
SOUS LE SAPIN !

Cosy Mystery

© Fleur Bonneau, 2025

Édition : BoD · Books on Demand, 31 avenue Saint-
Rémy, 57600 Forbach, bod@bod.fr
Impression : Libri Plureos GmbH, Friedensallee 273,
22763 Hamburg (Allemagne)

ISBN : 978-2-3225-6209-1
Dépôt légal : Janvier 2025

Pour ma sœur, qui a trouvé mon premier polar un peu trop effrayant, et qui partage avec moi l'amour de la saison de Noël : j'espère que ce roman te fera sourire, rire et peut-être frissonner... juste un tout petit peu !

PROLOGUE

Le vent hurlait dans la nuit glaciale. Saint-Laurent-des-Bois était un village comme figé dans le temps. Les maisons en pierre, aux toits couverts de mousse, bordaient des ruelles pavées serpentant autour d'une place centrale. Au milieu de celle-ci trônait une fontaine en pierre, surmontée d'une statue d'un saint oublié, aujourd'hui surtout perchée par les oiseaux. Les saisons y laissaient leur marque, et en hiver, tout semblait plongé dans une torpeur lumineuse, où la neige amortissait chaque pas et chaque bruit.

Pourtant, au milieu de ce calme apparent, une lumière vacillante tremblait derrière une fenêtre.

Dans la vieille maison au bout de la rue des Érables, un homme avançait à pas précipités dans son salon. Monsieur Lemoine, un vieillard au dos voûté et aux gestes nerveux, portait dans ses mains une horloge en bois massif. Ses doigts, engourdis par l'âge et l'appréhension, glissaient alors qu'il tentait d'ouvrir un compartiment caché sous le mécanisme.

— Allez, murmura-t-il la voix cassée. Juste un instant...

Enfin, un clic retentit. Le petit compartiment s'ouvrit, révélant une enveloppe jaunie par le temps et marquée de l'inscription « À protéger, coûte que coûte ». Ses yeux s'embuèrent, mais il n'hésita pas. Il replia l'enveloppe, la glissa dans la doublure de sa veste et referma le compartiment d'un geste fébrile.

Puis, il se figea.

Un craquement. À peine perceptible, mais suffisant pour lui faire dresser les cheveux sur la tête. Quelqu'un était là, dans l'ombre.

— Qui... qui est là ? demanda-t-il d'une voix tremblante.

Aucune réponse. Juste le souffle du vent qui semblait s'intensifier, faisant grincer les fenêtres.

Monsieur Lemoine recula, serrant l'horloge contre lui. Ses mains tremblaient, mais il tentait de rester calme. Il savait que ce qu'il détenait était dangereux, trop dangereux pour tomber entre de mauvaises mains. Mais il n'eut pas le temps d'agir.

Une silhouette émergea de l'obscurité, furtive et menaçante. Avant qu'il ne puisse crier, ses pieds glissèrent sur le tapis. Le temps sembla se figer alors que son corps basculait dans l'escalier raide qui menait à la cave.

Un fracas. Puis plus rien.

La lumière vacilla encore une fois avant de s'éteindre complètement, laissant la pièce dans une obscurité totale, seulement troublée par la neige qui continuait de tomber dehors.

Au matin, Saint-Laurent-des-Bois se réveillerait sous un manteau blanc immaculé,

ignorant encore que l'un de ses secrets les plus
enfouis venait de faire une première victime.

CHAPITRE 1

La veille.

La cloche suspendue au-dessus de la porte de la librairie « Au fil des pages » tinta joyeusement lorsque Célia poussa la porte pour entrer. Les bras chargés de cartons, elle souffla un nuage de buée dans l'air glacial et referma la porte d'un coup de hanche.

À l'intérieur, une douce chaleur l'enveloppa immédiatement. L'odeur réconfortante de cannelle et de bois ancien flottait dans l'air, mêlée à celle des pages de livres fraîchement imprimés.

— Allez, c'est la dernière ligne droite, se murmura-t-elle pour se motiver.

Posant les cartons sur le comptoir, elle jeta un coup d'œil autour d'elle. La librairie était presque prête pour le grand marché de Noël du village, une tradition qui rassemblait les habitants depuis des décennies.

Les guirlandes lumineuses, accrochées aux étagères chargées de livres, scintillaient doucement, ajoutant une touche de magie à l'endroit. Une couronne de sapin ornée de petits nœuds rouges et dorés encadrait la vitrine, où des piles de livres soigneusement choisis formaient une scène enneigée.

Célia entreprit de disposer quelques bougies parfumées sur une table près de l'entrée. Tout en ajustant un chandelier, la porte s'ouvrit avec fracas, laissant entrer un souffle d'air glacial.

— Tu sais qu'il fait presque moins dix dehors, et toi, tu laisses ton chauffage à fond ? Tu veux ruiner la planète ou quoi ? lança une voix familière.

Célia se retourna pour voir Sophie, sa meilleure amie et propriétaire de la boulangerie voisine, qui se tenait là, les mains sur les hanches. Elle portait un bonnet en laine orné d'un pompon ridicule et tenait dans une main un sac en papier brun.

— Bonjour à toi aussi, Sophie, répondit Célia en souriant. Et merci pour ton souci écologique. Je compense avec des guirlandes LED, si ça peut te rassurer.

Sophie leva les yeux au ciel avant de poser le sac sur le comptoir.

— Tiens, des croissants. Cadeau de la maison. Tu vas avoir besoin de forces pour survivre à cette semaine. Entre le marché et les mamies qui vont te demander le dernier best-seller qu'elles ont vu à la télé sans en connaître le titre, tu ne vas pas t'ennuyer.

— Je prends tout le soutien possible, soupira Célia en déballant les croissants. Merci, tu es un ange.

Les deux amies se mirent à discuter tout en dégustant les viennoiseries, leur conversation ponctuée par des éclats de rire. La cloche de la porte tinta à nouveau, signalant l'arrivée des premiers clients de la journée.

Madame Rousseau, une femme qui devait approcher les quatre-vingt-dix ans à l'air digne et au sourire chaleureux, s'approcha du comptoir avec un livre dans les mains.

— Bonjour, Célia ! Je viens chercher ce roman dont vous m'avez parlé la semaine dernière. Vous savez, celui sur cette femme exploratrice du XIXe siècle. J'ai hâte de le commencer.

— Bien sûr, Madame Rousseau, répondit Célia en se levant pour aller le chercher. Attendez une seconde... le voilà !

La vieille dame jeta un coup d'œil à la couverture avant de hocher la tête avec satisfaction.

— Parfait. Vous êtes vraiment une perle, ma chère. Vous savez toujours ce qui va me plaire.

— C'est mon travail, sourit la libraire. Bonnes lectures et bon marché de Noël !

Quelques minutes plus tard, ce fut au tour du jeune Théo de pousser timidement la porte. Le garçon, âgé d'une dizaine d'années, était un habitué des lieux, toujours à la recherche d'une nouvelle histoire à dévorer.

— Bonjour, Théo ! Tu viens chercher quelque chose de précis aujourd'hui ? demanda Célia en voyant ses yeux s'illuminer en apercevant un recueil d'histoires sur Noël.

— Est-ce que celui-là parle du Père Noël ? demanda-t-il en désignant le livre.

— Oui, et même des lutins ! répondit-elle avec un clin d'œil. Je suis sûre que tu vas l'adorer.

Théo hocha vigoureusement la tête et tendit l'argent qu'il avait soigneusement économisé. Célia lui fit un paquet cadeau avec un ruban rouge, ce qui le fit sourire jusqu'aux oreilles.

Alors que la matinée avançait et que la librairie continuait de se remplir, la cloche de la porte tinta une nouvelle fois. Cette fois, l'ambiance chaleureuse sembla se refroidir légèrement. Monsieur Lemoine, un vieil homme grincheux au regard ombrageux, entra dans la boutique. Il tenait un livre sous le bras et jeta un coup d'œil rapide autour de lui avant de s'avancer.

— Bonjour, Monsieur Lemoine, dit Célia avec son sourire le plus aimable. Comment allez-vous aujourd'hui ?

— Bien, bien, marmonna-t-il sans la regarder. Je... je viens rendre ce livre. Pas mon genre.

Il posa le livre sur le comptoir, son geste brusque et nerveux. Célia remarqua qu'il semblait agité, ses mains tremblaient légèrement. Elle observa la couverture : un roman d'aventures intitulé « Les Trésors perdus de l'ancien monde. »

— Pas de souci, je comprends. Vous voulez essayer autre chose ? demanda-t-elle en gardant un ton léger.

— Non, ça ira, grogna-t-il avant de tourner les talons. Bonne journée.

— Bonne journée... répondit-elle doucement, regardant la porte se refermer derrière lui.

Sophie, qui avait observé la scène depuis un coin de la librairie, s'approcha avec une expression curieuse.

— Sympa, le grand-père grognon. Il vient souvent ?

— De temps en temps, répondit Célia en haussant les épaules. Il aime les livres d'aventures, mais il est toujours... comme ça. Distant, nerveux. Je me demande ce qui se passe dans sa tête.

Sophie haussa les sourcils, sceptique.

— Peut-être qu'il cache un trésor dans son jardin et qu'il a peur qu'on le découvre. Ça expliquerait beaucoup de choses.

Elles rirent toutes les deux, mais au fond d'elle, Célia ne pouvait s'empêcher de se demander si quelque chose tracassait vraiment Monsieur Lemoine. Après tout, tout le monde dans ce village avait ses secrets.

CHAPITRE 2

La place principale, cœur battant du village, se transformait à chaque Noël en une scène féérique. Les stands en bois se serraient autour de la vieille fontaine, comme s'ils cherchaient à capter sa chaleur. Les flocons lumineux tressés entre les lampadaires projetaient une lumière dorée sur la neige fraîche. L'air embaumait de vin chaud, de cannelle et de marrons grillés, tandis que les commerçants, emmitouflés jusqu'aux oreilles, s'interpellaient joyeusement.

Célia, couverte d'un manteau qui semblait un peu trop grand pour elle — résultat d'un achat impulsif en soldes — sortit de sa librairie pour profiter du spectacle.

— Ce n'est pas tous les jours qu'on voit autant de monde ici, marmonna-t-elle en dérapant légèrement sur une plaque de verglas. Oups ! Note à moi-même : moins de vin chaud avant midi.

Elle rétablit son équilibre de justesse, mais pas avant que Sophie, postée derrière son stand de pains d'épices, ne la voie et éclate de rire.

— Tout va bien, patineuse en herbe ? railla Sophie en ajustant une guirlande.

— Parfaitement bien, merci, répondit Célia en feignant la dignité. Je faisais un test pour vérifier la solidité du sol. Il est… glissant.

Sophie secoua la tête, amusée, tandis que Célia reprenait son inspection des stands. Les commerçants l'accueillirent chaleureusement, échangeant des blagues et des anecdotes sur leurs préparatifs. Mais à mesure qu'elle avançait, une rumeur discrète commença à arriver jusqu'à ses oreilles.

— Tu as entendu pour Monsieur Lemoine ? murmura une voix.

— Oh oui, apparemment, il était dans son jardin en pleine nuit... avec une lampe-torche ! chuchota une autre.

Célia, intriguée, ralentit le pas pour tendre l'oreille. Un petit groupe de villageois, rassemblés autour d'un stand de crêpes, partageaient leurs théories.

— Il creusait, tu te rends compte ? à son âge!

— Et pourquoi la nuit, hein ? sûr qu'il cache quelque chose. Un vieux coffre, peut-être ?

— Ou un cadavre ! ajouta une troisième voix, provoquant des rires étouffés.

Célia roula des yeux tout en se dirigeant vers Sophie.

— Tu as entendu ces ragots sur Monsieur Lemoine ? demanda-t-elle en prenant un pain d'épices sur le stand. Ça devient du grand n'importe quoi.

— Évidemment que j'ai entendu, dit Sophie en ricanant. La semaine dernière, c'était à propos d'un soi-disant chat sauvage qui aurait envahi son jardin. Maintenant, c'est une chasse au trésor nocturne. Ce village a vraiment besoin d'un feuilleton télé pour canaliser son imagination.

Célia croqua pensivement dans son pain d'épices. Elle connaissait Monsieur Lemoine comme un homme discret, peut-être un peu bourru, mais pas le genre à faire des choses suspectes. Enfin, pas à première vue.

— Peut-être qu'il cherchait quelque chose de précieux, glissa-t-elle. Tu sais qu'il adore les romans d'aventures. Ça ne m'étonnerait pas qu'il ait eu envie de jouer les explorateurs.

Sophie éclata de rire.

— Ou alors il a perdu ses lunettes dans le potager et il n'a pas voulu attendre le matin. Franchement, Célia, tu devrais écrire un livre avec toutes tes théories.

— Très drôle, dit-elle en levant les yeux au ciel.

Un cri joyeux attira leur attention. Théo, le jeune garçon de la librairie, courait sur la place en tenant un grand sachet de marrons chauds, sa mère sur ses talons. La scène fit sourire Célia. C'était ce qu'elle aimait le plus dans ce marché : l'effervescence, les rires, les petites interactions qui rendaient le village si vivant.

Après avoir aidé quelques commerçants à accrocher des guirlandes récalcitrantes — et après être tombée une fois de plus sur une plaque de verglas, provoquant un éclat de rire général — Célia décida de retourner à sa librairie pour terminer ses préparatifs.

En passant la porte, elle s'arrêta un instant pour regarder la place. Les lampes commençaient à s'allumer, projetant une lumière dorée sur la neige fraîchement tombée. Malgré les rumeurs farfelues et l'agitation, un sentiment de fête emplissait l'air. Célia inspira profondément et referma la porte.

Elle avait encore beaucoup à faire, mais une chose était certaine : ce marché de Noël promettait d'être inoubliable.

CHAPITRE 3

La soirée arriva rapidement, et le village semblait se transformer sous la neige qui tombait sans relâche. Une couche immaculée recouvrait déjà les toits et les rues, étouffant le moindre bruit. Dans sa librairie, Célia jeta un coup d'œil inquiet par la fenêtre. Les flocons dansaient sous les lampadaires, et le vent commençait à se lever.

— Bon, je crois qu'il est temps de plier bagage, dit-elle tout haut, comme pour se convaincre. Pas question de finir coincée ici par cette tempête.

Elle rassembla rapidement ses affaires, ajusta son écharpe et ferma la boutique plus tôt que d'habitude. La clé tourna avec un grincement, et Célia jeta un dernier regard aux guirlandes scintillantes qui encadraient les vitrines.

Sur le chemin de sa maison, elle croisa le maire, Monsieur Dupuis, qui revenait de la mairie, sa silhouette trapue presque engloutie par son manteau en laine.

— Bonsoir, Célia ! Tu rentres chez toi ? demanda-t-il en secouant la neige de son chapeau.

— Oui, je ferme plus tôt. Avec cette tempête qui arrive, je préfère ne pas traîner.

L'homme hocha la tête, le regard sombre.

— Tu as bien raison. Les routes deviennent impraticables, et on nous annonce une bonne dizaine de centimètres de neige d'ici minuit. Fais attention en rentrant.

— Je n'habite qu'à deux rues, je devrais m'en sortir, dit-elle avec un sourire.

Le maire lui adressa un petit salut avant de s'éloigner, ses bottes crissant dans la neige. Célia pressa le pas, le froid commençant à s'insinuer même sous ses couches de vêtements.

Les ruelles pavées, étroites et sinueuses, donnaient l'impression de marcher dans un conte ancien. Les façades des maisons semblaient se pencher les unes vers les autres, formant des arches naturelles sous lesquelles la neige s'accumulait doucement. À la lisière du village, les bois prenaient le relais, leurs sapins géants veillant sur Saint-Laurent comme des sentinelles immobiles.

Une fois chez elle, elle se dépêcha de fermer la porte et d'allumer une petite lampe dans le salon. L'atmosphère chaleureuse de sa maison contrasterait bientôt avec le chaos de la tempête dehors. Elle alluma la bouilloire et prépara un chocolat chaud avec soin, y ajoutant une pointe de cannelle.

Assise sur son fauteuil près de la fenêtre, un plaid sur les genoux, Célia regardait la neige tourbillonner. La scène était presque magique, mais une ombre d'inquiétude voilait son esprit.

Les rumeurs sur Monsieur Lemoine et son comportement étrange ne la quittaient pas.

— Mais pourquoi est-ce que ça me trotte encore dans la tête ? murmura-t-elle, comme pour briser le silence.

Elle repensa à sa dernière interaction avec lui, dans la librairie, et à ce livre qu'il avait rendu avec une rapidité inhabituelle. « C'est un simple client, » tenta-t-elle de se rassurer. Mais quelque chose dans son comportement réservé et cette soudaine effervescence de rumeurs lui laissait une impression tenace d'étrangeté.

Un coup de vent fit claquer les volets, la faisant sursauter. Elle se leva pour ajuster les rideaux et vérifier que tout était bien fermé. Dehors, la tempête gagnait en intensité, et les rues semblaient désormais appartenir à un autre monde, silencieux et enfoui sous la neige.

De retour dans son fauteuil, elle tenta de se concentrer sur un roman qu'elle avait commencé, mais les mots semblaient glisser hors de son esprit. La mélancolie qui l'envahissait était à la fois douce et oppressante, comme si une partie d'elle savait que cette nuit ne serait pas comme les autres.

Elle termina son chocolat chaud et posa la tasse sur la petite table à côté du fauteuil. À cet instant, une idée fugace traversa son esprit :

— Et si tout cela cachait quelque chose ?

Elle secoua la tête pour chasser cette pensée irrationnelle. Pourtant, l'inquiétude était là, tapie au fond d'elle, comme une ombre prête à surgir. Les premières heures de la tempête allaient s'écouler dans un calme trompeur. Le village, emmitouflé dans son manteau blanc, ne se doutait pas encore des événements qui allaient bousculer leur paisible quotidien.

CHAPITRE 4

Le lendemain matin, le village habituellement tranquille était en effervescence, mais cette fois, l'esprit de Noël n'y était pour rien. La rumeur s'était répandue comme une traînée de poudre : Monsieur Lemoine avait été retrouvé mort chez lui.

Célia, qui venait d'ouvrir la librairie, apprit la nouvelle en pleine discussion avec Madame Dupont. Celle-ci, bien connue pour son talent à dramatiser la moindre histoire, était venue chercher un livre mais semblait surtout prête à déverser une avalanche de théories conspiratrices.

— Je te le dis, Célia, c'est sûrement un complot. Ces promoteurs immobiliers veulent nous chasser pour construire une station de ski !

Célia tenta de cacher son exaspération tout en ajustant une pile de livres sur le comptoir.

— Madame Dupont, je doute que des promoteurs aient besoin d'assassiner Monsieur Lemoine pour réaliser leurs projets. Peut-être qu'il s'agit d'un simple accident.

Elle haussa un sourcil, indéniablement sceptique.

— Un accident ? Tu plaisantes ? Avec tout ce qu'on sait sur lui... Il était trop discret, trop...

bizarre. Et son jardin, hein ? Qui farfouille dans son jardin au milieu de la nuit ?

Avant que Célia ne puisse répondre, la clochette de la porte d'entrée tinta bruyamment. L'agent Raymond entra, l'air important, le torse bombé dans son uniforme impeccable. Son visage juvénile et ses gestes un peu trop étudiés trahissaient son inexpérience.

— Bonjour Mesdames, dit-il en balayant la pièce du regard comme s'il cherchait des indices d'un crime imminent.

— Bonjour, Raymond, répondit Célia poliment. Tu avances sur l'enquête ?

Le policier ajusta son ceinturon avant de répondre avec un ton solennel.

— Eh bien, après inspection, il semble que Monsieur Lemoine ait glissé sur son tapis et soit tombé dans l'escalier. Rien de plus qu'un malheureux accident.

Madame Dupont leva les bras au ciel, indignée.

— Glissé sur son tapis ? Vous osez appeler ça une enquête ? Vous savez combien de gens sont morts après avoir glissé ? Pas beaucoup, je vous le dis !

Célia esquissa un sourire malgré elle, amusée par la façon dont la vieille dame donnait une leçon à l'agent.

— Madame, je vous assure que tout a été vérifié. Rien n'indique un acte criminel, insista Raymond, un peu rouge.

Alors que les deux continuaient de discuter, Célia sentit un frisson la parcourir. Elle repensa à la visite de Monsieur Lemoine la veille et au livre qu'il avait rendu. Intriguée, elle se dirigea vers la table où elle avait posé l'ouvrage.

— Excusez-moi une minute... dit-elle distraitement en s'emparant du livre.

Elle le feuilleta rapidement, ses doigts glissant sur les pages blanches. Alors qu'elle arrivait au milieu, un petit papier se détacha et tomba doucement sur le sol. Elle se baissa pour le ramasser, les sourcils froncés.

— Qu'est-ce que c'est ? murmura-t-elle.

Elle déplia le papier avec soin. Les mots griffonnés à la main semblaient écrits dans l'urgence : *« Les secrets ne peuvent pas toujours rester enfouis. »*

Son estomac se noua. Elle tendit le mot à Madame Dupont et à l'agent Raymond.

— Regardez ça. Ce mot était caché dans le livre qu'il m'a rendu hier.

Raymond fronça les sourcils en lisant le message.

— Ça... C'est quoi, une sorte de message codé ? demanda-t-il, visiblement troublé.

Madame Dupont, quant à elle, parut ravie de ce nouvel élément.

— Je vous l'avais dit ! Un complot ! C'est évident !

Célia réprima un soupir. Ce mot ne répondait à aucune question... au contraire, il en soulevait bien davantage.

CHAPITRE 5

Isolée au bout de la rue des Érables, sa maison avait un air mélancolique. Son toit s'effondrait par endroits, et les volets pendaient de travers, comme des yeux fatigués. Le jardin, autrefois bien entretenu, n'était plus qu'un fouillis de ronces et de vieilles statues à moitié enterrées sous la neige. Pourtant, il émanait de cette bâtisse une sorte de grandeur fanée, comme si elle avait un secret à garder.

Célia se tenait devant la porte, hésitant une seconde avant de frapper. Elle n'avait pas vraiment le droit d'être là, mais sa curiosité avait pris le dessus. Elle adorait les enquêtes, dans les livres comme dans la vraie vie. Et, il fallait bien l'admettre, sa vie manquait parfois un peu de piquant.

— Ce n'est pas tous les jours qu'on a un mystère à résoudre dans un village comme celui-ci, murmura-t-elle en poussant doucement la porte entrebâillée.

Elle trouva Raymond dans le salon, penché au-dessus du fameux tapis. Il essayait maladroitement de le plier, le visage rouge d'effort.

— Vous faites quoi, exactement ? demanda Célia, les bras croisés.

Raymond, visiblement surpris, se redressa en se tapotant les mains.

— J'évalue... son niveau de dangerosité. Vous savez, pour voir s'il est plausible qu'une chute soit survenue. C'est de la procédure, ajouta-t-il d'un ton solennel.

Célia leva les yeux au ciel.

— Et vos conclusions jusqu'ici ?

— Eh bien... il est glissant. Peut-être trop glissant. Il faudrait envisager un rapport spécifique, mais je dois d'abord...

Le policier fut interrompu par la voix d'un homme venant du coin de la pièce. Adrien, l'ancien rival de Monsieur Lemoine, se tenait là, un marteau rouillé dans la main.

— Un rapport spécifique ? Vous perdez votre temps. Lemoine était un vieillard maladroit, c'est tout.

Célia tourna les yeux vers Adrien, ses antennes d'enquêtrice amatrice détectant une incohérence.

— Et vous, qu'est-ce que vous faites ici, Adrien ?

Il haussa les épaules d'un air nonchalant.

— Je... je suis venu rendre cet outil. Il me l'avait prêté. Rien de plus.

Célia haussa un sourcil. Le ton évasif et l'air nerveux d'Adrien ne lui inspiraient pas confiance. Elle savait des rumeurs du village que les deux hommes avaient une histoire compliquée. Il y a des années, ils avaient été en conflit au sujet d'un projet de mine abandonnée à la périphérie du village. Leur dispute avait divisé les habitants et laissé des rancunes profondes.

— Intéressant. Et pourquoi maintenant ? Pourquoi ne pas attendre quelques jours ?

Adrien répondit en balbutiant une excuse peu convaincante sur « faire les choses correctement » avant de se diriger rapidement vers la porte.

— Vous avez d'autres questions, Monsieur l'agent ? demanda-t-il avant de sortir sans attendre de réponse.

Raymond, qui venait enfin de dompter le tapis, se redressa triomphalement.

— Aucun doute, ce tapis est un véritable danger public.

Célia réprima un soupir.

— Vous avez remarqué qu'Adrien était bizarrement nerveux ? Je veux dire, plus que d'habitude.

— Tout le monde est nerveux dans une affaire comme celle-ci, rétorqua le policier avec l'air d'un sage. Maintenant, si vous voulez bien m'excuser, j'ai des mesures de tapis à consigner.

Célia abandonna l'idée d'obtenir quelque chose de concret de Raymond et quitta la maison, toujours plus perplexe.

De retour chez elle, elle tenta de se changer les idées en préparant des biscuits de Noël. Elle suivit la recette méticuleusement au début, mais son esprit ne cessait de revenir à la maison de Monsieur Lemoine, à Adrien, au tapis, et surtout à ce mot étrange qu'elle avait trouvé.

« Les secrets ne peuvent pas toujours rester enfouis. »

Distraitement, elle réalisa qu'elle avait laissé cuire les biscuits trop longtemps. Une fumée noire s'échappa lorsqu'elle ouvrit la porte du four, la faisant tousser.

— Super. Parfait. Vraiment mon jour, marmonna-t-elle en jetant les biscuits carbonisés dans la poubelle.

Alors qu'elle rangeait les ustensiles, son regard tomba sur le livre de Monsieur Lemoine qu'elle avait pris soin d'emporter. Elle s'arrêta, prit une profonde inspiration, et s'assit avec l'ouvrage dans les mains. Ses doigts caressèrent la couverture, comme si le livre pouvait lui révéler ses secrets simplement par un contact.

— D'accord, dit-elle à voix basse. On va voir ce que tu as encore à me dire.

Elle ouvrit le livre et recommença à le feuilleter, cette fois avec une attention accrue. Il y avait peut-être d'autres indices, quelque chose qui lui avait échappé. Son instinct lui disait que cette affaire était loin d'être un simple accident, et Célia était bien déterminée à aller jusqu'au bout.

CHAPITRE 6

Célia avait passé la journée enfermée dans la librairie à essayer de remettre ses idées en ordre. Elle était arrivée à une conclusion : il fallait qu'elle glane plus d'informations et pour cela, elle connaissait l'endroit parfait.

Alors qu'elle traversait la place du village, elle se retrouva au centre d'une cacophonie de sons et d'odeurs : un vendeur qui criait ses prix, des enfants qui s'interpellaient avec des boules de neige, et une forte odeur de vin chaud qui semblait venir de partout à la fois.

Elle s'arrêta au stand de marrons chauds, plus par curiosité que par appétit, et fut accueillie par une voix familière.

— Alors, détective en herbe ? Toujours à la recherche de la « Grande Affaire du Tapis » ?

Célia se retourna pour voir Victor, le journaliste taciturne, adossé au comptoir du stand. Il tenait une crêpe à peine entamée dans une main et affichait ce sourire moqueur qui l'agaçait autant qu'il l'amusait.

— Oh, Victor, tu es là pour m'écrire un article ou juste pour être insupportable ? demanda-t-elle en ajustant son écharpe.

— Les deux, répondit-il en haussant les épaules. Mais surtout le deuxième. Alors, dis-moi : tu as trouvé un complot ou juste des miettes de biscuits dans tes poches ?

Célia leva les yeux au ciel, mais elle ne pouvait s'empêcher de sourire. Elle aimait ces joutes verbales, même si elle ne l'admettait jamais.

— Si tu veux tout savoir, j'ai appris qu'Adrien, le rival officiel de Monsieur Lemoine, a récemment acheté une carte des environs. Une carte très précise, ajouta-t-elle en insistant.

Victor plissa les yeux, soudain plus intéressé.

— Une carte ? Genre… une carte trésor ?

— Peut-être bien, murmura-t-elle. Madame Dupont m'a dit qu'il avait demandé à son neveu qui travaille au bureau de poste de lui en trouver une. Et si tu veux vraiment être utile, tu pourrais m'aider à comprendre pourquoi il aurait besoin de ça.

Victor croisa les bras, prenant un air faussement pensif.

— D'accord, je t'aide, mais seulement si je peux utiliser ton enquête pour en faire un feuilleton dans le journal local.

— Marché conclu, répliqua Célia en souriant. Mais uniquement si tu arrêtes de faire des blagues sur les tapis.

— On verra.

Ils avancèrent ensemble dans les allées du marché, leur conversation entrecoupée de théories sur Adrien et la carte. Alors qu'ils s'arrêtaient devant un stand de jouets en bois, un commerçant les interpella.

— Vous parliez de Monsieur Lemoine ? demanda-t-il, les sourcils levés.

— Oui, pourquoi ? répondit Célia, intriguée.

— Eh bien, vous savez qu'il avait cette vieille horloge en bois ? Celle qui sonnait toujours trop fort ? Elle a disparu. Je passais devant sa maison l'autre jour et j'ai jeté un coup d'œil par la fenêtre. L'horloge n'était plus là.

— Attendez, attendez... Vous avez regardé par sa fenêtre ? Pourquoi tout le monde ici se mue en détective amateur ? s'exclama Célia, plus amusée qu'offusquée.

Victor explosa de rire.

— Et toi, alors ? Tu ne vaux pas mieux. Tu fais la même chose, sauf que tu te donnes des airs de « grande enquêtrice ». La reine des commères, version polar.

Célia s'empourpra, mais elle ne put s'empêcher de rétorquer.

— D'accord, peut-être que j'aime un peu fouiller. Mais au moins, je le fais avec classe.

— Oui, bien sûr, « classe » est le mot qui me vient en pensant à quelqu'un qui fouine chez ses voisins, ironisa Victor.

Célia roula des yeux, mais au fond d'elle, elle savait qu'il avait un peu raison. Elle croisa les bras, adoptant un air faussement dignifié.

— Quoi qu'il en soit, cette horloge, c'est mon mystère maintenant. Alors, si tu veux vraiment m'aider, arrête de te moquer et concentre-toi.

Victor haussa les épaules, amusé.

CHAPITRE 7

Le lendemain matin, la libraire, un grand sourire aux lèvres, frappa à la porte de Victor avec une énergie presque contagieuse. Lorsqu'il ouvrit, les cheveux en bataille et une tasse de café dans la main, il leva un sourcil sceptique.

— Eh bien, quelqu'un est très motivé ce matin, fit-il remarquer.

— Motivée ? Tu plaisantes ? Je suis excitée comme une enfant le matin de Noël ! s'exclama-t-elle. C'est mon weekend de libre, et on a une enquête à mener. Pas question de traîner.

Le journaliste la regarda avec une pointe d'amusement avant de soupirer.

— D'accord, entre. Mais je te préviens, je ne suis pas un « gentleman d'enquête ». Je suis mal élevé, j'ai besoin de café toutes les deux heures, et je ne tiens pas la porte aux dames.

— Oh, je le sais bien, répliqua-t-elle avec un sourire en coin. Mais tu es ce que j'ai de plus proche d'un acolyte fiable, alors je fais avec.

Ils montèrent dans la voiture de Victor, une vieille berline qui avait vu de meilleurs jours, et partirent en direction des villages voisins. Leur mission ? Reconstituer le parcours de l'horloge de Monsieur Lemoine. Célia ne pouvait s'empêcher de se sentir comme l'héroïne d'un de ses livres favoris. La seule différence ? Dans ces histoires, l'héroïne était toujours accompagnée d'un gentil jeune homme suave, pas d'un journaliste sarcastique qui avait oublié de faire le plein d'essence.

— Tu penses que cette horloge est vraiment importante, ou tu veux juste une excuse pour partir en vadrouille ? demanda Victor alors qu'ils entraient dans un village pittoresque.

— Et si elle était importante ? On ne peut pas ignorer le fait qu'elle ait disparu au même moment que la mort de Monsieur Lemoine, répliqua-t-elle, les bras croisés.

— Logique imparable, admit-il. Mais je me demande... qui achète une horloge qui sonne trop fort ?

Leur quatrième arrêt était chez un brocanteur dans une petite commune voisine, une boutique encombrée de meubles anciens et de bibelots poussiéreux. Le propriétaire, un homme jovial aux lunettes épaisses, se rappela avoir vu l'horloge de Monsieur Lemoine.

— Oui, je l'ai eue ce matin même, confirma-t-il en ajustant ses lunettes. On me l'a déposée devant la porte, cela arrive souvent, alors je l'ai mise en magasin. Puis elle est déjà repartie. Une belle pièce, vraiment. Un peu bruyante, mais pleine de caractère.

— Et... savez-vous qui l'a achetée ? demanda Célia.

— Hélas, non. La plupart de nos clients payent en espèces. Mais vous devriez demander à Fernand qui tient la boutique en début de journée. Il saura peut-être vous répondre. Il habite à quelques maisons d'ici, voici son adresse.

En sortant de la boutique, Victor jeta un coup d'œil à Célia.

— Tu fais des progrès, détective. Si tu continues comme ça, tu vas me faire rougir avec ta perspicacité.

Elle rougit effectivement, ce qui fit sourire Victor encore plus largement.

— Arrête, marmonna-t-elle. On a une piste, alors concentre-toi.

Leur prochaine visite fut chez Fernand. Mais ici, les choses se compliquèrent. Fernand, un homme trapu avec une moustache imposante, confirma qu'il avait bien vendu l'horloge mais à un fantôme.

— Un fantôme ? demanda Victor, amusé.

— Oui, elle était là ce matin, je suis parti dans l'arrière-boutique et quand je suis revenu, il ne restait qu'une enveloppe pleine de billets. Un vrai mystère. Mais… maintenant que vous en parlez, j'ai vu quelque chose d'étrange. Un certain Adrien, un menuisier, est venu me parler l'autre jour, il cherchait de la vieille vaisselle ce que j'ai trouvé bizarre de sa part, et il discutait avec un type que je ne connaissais pas. Un étranger.

Célia et Victor échangèrent un regard.

— Adrien, vraiment ? Tu sais qu'il devient de plus en plus suspect, murmura Célia.

Fernand haussa les épaules, l'air encore perplexe.

— Vous savez, j'ai entendu parler de gens qui payent et partent sans se montrer, mais là... J'ai vraiment eu l'impression d'être observé. Comme si quelqu'un surveillait depuis la rue.

Victor fronça les sourcils.

— Vous avez vu quelqu'un dehors ?

— Pas directement, répondit Fernand en grattant sa moustache. Mais il y avait cette sensation... Vous savez, comme un frisson dans le dos. Ça ne m'arrive jamais, et pourtant, aujourd'hui...

— Je vois, et cet étranger... vous pourriez le décrire ? demanda Victor.

Fernand haussa les épaules.

— Grand, un manteau sombre, une allure un peu... imposante. Pas du coin, ça, c'est sûr.

Alors qu'ils reprenaient la route, Célia, toujours plongée dans ses pensées, ne put s'empêcher de remarquer à quel point elle et Victor formaient une bonne équipe.

— Alors, qu'est-ce que tu penses de tout ça ? demanda-t-elle.

— Je pense que tu es bien plus maligne que tu ne le crois, Célia.

Elle sentit ses joues rougir, mais elle répliqua avec un sourire.

— Et toi, Victor, tu es bien moins insupportable quand tu fais des compliments.

Ils rirent ensemble, la tension du mystère s'effaçant l'espace d'un instant, avant qu'ils ne se replongent dans leur enquête.

CHAPITRE 8

Les deux enquêteurs amateurs se rendirent à la mairie, un bâtiment modeste mais charmant avec ses volets verts et son horloge qui semblait toujours être en retard. Ils furent accueillis par le maire, Monsieur Dupuis, qui les regarda d'un air intrigué lorsqu'ils expliquèrent leur demande.

— Les archives du village ? Mais pourquoi donc ? Vous êtes en train de creuser une histoire en rapport avec la mort de Lemoine ? demanda-t-il en plissant les yeux. Je croyais que Raymond avait dit que c'était un accident.

Célia esquissa un sourire taquin.

— Oh, vous savez, Monsieur le Maire, il vaut toujours mieux vérifier. Vous ne voudriez pas qu'un mystère reste irrésolu dans votre village, n'est-ce pas ?

Dupuis éclata de rire.

— Meurtre au village... ! Ça, ça ferait les choux gras de la presse. Pas vrai, Victor ?

Le journaliste haussa les épaules.

— C'est bien pour ça que je suis là.

Dupuis arqua un sourcil et les regarda tous les deux d'un air malicieux.

— Ah bon ? Je pensais que, comme vous vous tournez autour depuis l'école primaire, vous aviez enfin décidé de sortir ensemble.

Un silence gêné s'installa. Célia sentit ses joues devenir chaudes, tandis que Victor semblait étrangement intéressé par ses chaussures.

— Avec Victor ? Non, jamais ! Vous devez confondre, balbutia-t-elle, sa voix montant légèrement dans les aigus.

Dupuis secoua la tête, visiblement amusé, avant de les mener vers une petite pièce encombrée de dossiers jaunis et de registres reliés en cuir.

— Voici les archives. Bonne chance pour démêler tout ça. Et si vous trouvez quelque chose d'intéressant, surtout s'il s'agit d'une affaire de meurtre, tenez-moi au courant. Ça animera un peu les réunions du conseil municipal.

Il leur fit un clin d'œil avant de les laisser seuls.

— Eh bien, ça commence bien, marmonna Victor en passant une main dans ses cheveux, visiblement encore mal à l'aise.

— Oh, arrête, oublie ça. On a du travail, répondit Célia en se plongeant immédiatement dans un tas de registres poussiéreux.

Ils commencèrent à fouiller dans les documents, sortant des lettres et des registres par dizaines. Victor, qui semblait d'abord peu motivé, finit par se laisser happer par la curiosité communicative de Célia. Après une heure de recherches, elle trouva enfin quelque chose qui retint son attention.

— Regarde ça, dit-elle en tendant une lettre qui ne datait pas d'hier à Victor.

Ils se penchèrent ensemble sur le document. La lettre, écrite à la main, semblait être un message personnel adressé à M. Lemoine. Les mots étaient difficiles à lire, mais un passage attira immédiatement leur attention :

« Vous êtes le gardien de ce secret. Ces terrains recèlent des richesses que nous devons protéger des mains cupides. »

Victor fronça légèrement les sourcils.

— Gardien de quoi, exactement ? demanda-t-il d'une voix posée.

— On dirait qu'il s'agit de la mine, mais pourquoi un tel secret ? murmura Célia, fascinée.

Ils continuèrent de déchiffrer la lettre, leurs épaules se frôlant légèrement alors qu'ils se penchaient davantage pour mieux lire. Célia sentit son cœur s'accélérer imperceptiblement, mais elle garda les yeux fixés sur le document, espérant que Victor ne remarquerait rien.

— Tu es plutôt douée pour ça, observa Victor, en désignant un mot qu'elle venait de traduire avec précision. On dirait que tu as un sixième sens pour ce genre de choses.

Elle leva les yeux vers lui et fut surprise de voir une expression sincèrement admirative sur son visage. Cette fois, elle ne put empêcher une légère rougeur de lui monter aux joues.

— Merci, murmura-t-elle avant de détourner rapidement le regard. Bon, continuons.

Ils découvrirent dans les registres que la mine abandonnée avait été au centre d'un conflit il y a plusieurs décennies. Lemoine, Adrien, et d'autres notables du village avaient tous été impliqués. Le premier s'était opposé farouchement à la réouverture de la mine, arguant qu'elle risquait de détruire l'environnement et de diviser la communauté. Adrien, en revanche, voyait dans la mine une opportunité de prospérité économique.

— Ça commence à faire sens, dit Célia en s'adossant à sa chaise. Lemoine protégeait quelque chose de plus qu'une simple mine. Peut-être qu'il y avait vraiment des trésors là-bas.

— Ou alors, il protégeait quelque chose d'encore plus précieux, répondit Victor avec une lueur réfléchie dans le regard.

Ils quittèrent les archives avec une nouvelle piste, mais surtout un nouveau mystère. Alors qu'ils marchaient dans les rues silencieuses du village, Victor lança sur un ton léger :

— Tu sais, Célia, je n'aurais jamais pensé que fouiller dans des vieux dossiers pouvait être aussi captivant.

Elle laissa échapper un rire spontané.

— C'est parce que tu es avec moi. Je rends tout plus intéressant.

— Et modeste avec ça, ajouta-t-il avec un demi-sourire.

CHAPITRE 9

À l'intérieur de la librairie, Célia était plongée dans des recherches sur son ordinateur portable, relisant des articles sur la mine abandonnée. Il était déjà tard et les mots dansaient sous ses yeux fatigués, mais elle s'accrochait, convaincue qu'elle approchait d'une découverte importante.

Malgré ses efforts, la fatigue finit par l'emporter. La tête posée sur ses bras croisés sur la table, elle sombra dans un sommeil agité, le faible éclat de l'écran illuminant son visage.

Un bruit métallique la réveilla en sursaut. Son cœur s'accéléra tandis qu'elle réalisait qu'un intrus était dans la librairie. Retenant son souffle, elle tendit l'oreille. Un bruit de pas légers et précipités venait de l'avant de la boutique. Elle sentit une sueur froide couler dans son dos.

Attrapant son téléphone d'une main tremblante, elle ouvrit l'application de sa caméra de sécurité. Une silhouette, vêtue d'un manteau sombre, fouillait les rayons avec une lampe torche. L'intrus semblait chercher quelque chose avec une urgence frénétique.

— Oh mon Dieu… murmura-t-elle à voix basse.

Ses doigts glissèrent sur l'écran alors qu'elle appelait Victor. Le téléphone sonna une fois, puis deux. Enfin, il décrocha, sa voix ensommeillée.

— Célia ? Qu'est-ce qui se passe ?

— Il y a quelqu'un dans la librairie, souffla-t-elle, la voix tremblante. Je... je ne sais pas quoi faire.

Victor sembla immédiatement réveillé.

— Reste où tu es. Verrouille-toi dans l'arrière-boutique. J'arrive tout de suite.

Célia obéit, actionnant le loquet de la porte. Son cœur battait si fort qu'elle craignait que l'intrus ne l'entende. Les minutes s'étiraient, interminables, jusqu'à ce qu'elle entende enfin le bruit familier de Victor frappant à la porte principale.

— Célia, c'est moi !

Elle ouvrit précipitamment la porte et Victor entra en trombe, une écharpe mal nouée et le souffle court, les joues rougies par le froid.

— Tu vas bien ? demanda-t-il, son regard passant rapidement sur elle pour s'assurer qu'elle n'était pas blessée.

— Oui, mais l'intrus... il est parti. Je ne sais pas ce qu'il cherchait, mais il a tout retourné, dit-elle en montrant les rayons en désordre.

Victor sortit son téléphone et utilisa la lampe torche pour examiner les lieux. Ses mouvements étaient calmes mais déterminés, contrastant avec l'agitation de Célia. Finalement, il se tourna vers elle.

— Rien n'a été volé ?

— Pas que je sache, répondit-elle en secouant la tête. Mais tout a été fouillé comme si l'intrus cherchait un indice... ou un objet précis.

Victor fronça les sourcils.

— On devrait appeler la police. Ce n'est pas un hasard si quelqu'un s'introduit ici juste après ce qu'on a découvert sur Lemoine.

Célia hocha la tête, mais sa main tremblait encore légèrement. Victor sembla remarquer son état et posa une main chaude et rassurante sur son épaule.

— Viens, je te raccompagne chez toi. Tu ne devrais pas rester seule cette nuit.

— Et la neige ? murmura-t-elle, consciente que les routes étaient à peine praticables.

— Je m'en fiche de la neige, répondit-il simplement, son ton ferme mais doux.

Ils sortirent ensemble dans la nuit froide. Victor enleva son manteau pour le poser sur les épaules de Célia, qui frissonnait. Ils marchèrent lentement, leurs pas étouffés par la neige fraîche. Le silence de la nuit était interrompu uniquement par le bruit léger du vent. Célia leva les yeux vers le journaliste touchée par son attention.

— Merci d'être venu si vite, dit-elle doucement.

— Toujours, répondit-il, un léger sourire illuminant son visage. Tu sais que tu peux compter sur moi. On est une équipe après tout.

Leurs regards se croisèrent un instant de plus, la tension de la nuit semblant s'apaiser légèrement. Célia sentit une chaleur inhabituelle dans sa poitrine, mais détourna rapidement le regard.

— On devrait accélérer, je ne veux pas que tu attrapes froid, murmura-t-elle.

Victor acquiesça, mais resta près d'elle.

Le lendemain matin, encore secouée par les événements de la veille, Célia décida de se rendre chez Sophie à la boulangerie du village. L'idée d'un café chaud et d'une conversation rassurante était tout ce dont elle avait besoin.

— Tu aurais pu m'appeler, dit Sophie en déposant une tasse fumante devant Célia.

— Je sais, mais j'ai appelé Victor, répondit-elle, une rougeur montant légèrement à ses joues.

Sophie arqua un sourcil, un sourire se dessinant sur ses lèvres.

— Victor, hein ? Et il est venu en pleine nuit pour te secourir ? Intéressant...

— Oh, arrête ! Ce n'est pas ce que tu crois, répliqua Célia en roulant des yeux. Il a été gentil, c'est tout.

Sophie allait ajouter une remarque lorsqu'elle s'interrompit en voyant une cliente entrer. Célia se tourna et sentit son souffle se couper. Une femme élégante en manteau vert sapin venait de passer la porte, ses bottines noires claquant légèrement sur le sol de la boulangerie.

Célia fixa ses chaussures : des bottines avec une couture particulière. Elle les avait vues sur la vidéo de la caméra la nuit précédente. Son cœur s'accéléra.

Sophie brisa le silence.

— Eh bien, ça alors, Élodie Lemoine ! Ça faisait une éternité que tu n'avais pas mis les pieds ici.

Élodie, impassible, sourit froidement.

— Bonjour, Sophie. Je suis de retour… pour régler certaines affaires.

Célia sentit une vague de tension l'envahir. Élodie. Elle était certaine que c'était elle qui avait fouillé la librairie. Mais pourquoi ? Et surtout, qu'avait-elle cherché ? Une chose était sûre : elle n'était pas prête à la confronter. Pas encore.

CHAPITRE 10

Célia, armée d'une pile de livres qu'elle essayait de ranger en équilibre précaire, avançait à pas prudents entre les rayons de la librairie. Elle se parlait à voix basse pour se motiver.

— Allez, Célia, une journée comme une autre. Pas de catastrophes aujourd'hui, d'accord ?

Elle posa enfin les livres sur l'étagère, mais l'un d'eux glissa et atterrit lourdement sur son pied. Elle grimpa sur la pointe des pieds, grimaçant.

— Oui, bien sûr. Pourquoi pas ? murmura-t-elle en massant son pied.

La clochette de la porte tinta, et elle se retourna pour voir un homme entrer. Grand, impeccablement habillé, avec une allure qui criait « je suis riche et je le sais ». Célia se redressa, essayant de dissimuler son agacement en un sourire professionnel.

— Bonjour ! Bienvenue à la librairie Au fil des pages, lança-t-elle, sa voix légèrement trop enthousiaste.

— Bonjour, répondit-il d'un ton mielleux. Vous êtes Célia, n'est-ce pas ?

— Oui, c'est moi. Et vous êtes... ?

— Klein, Monsieur Klein. Promoteur immobilier, répondit-il avec un sourire éclatant.

J'ai entendu parler de votre charmante librairie, mais je dois avouer que je ne suis pas ici pour acheter des livres.

Célia haussa un sourcil, son sourire devenant plus figé.

— Quel dommage. Que puis-je faire pour vous ?

Klein avança, inspectant les lieux comme s'il évaluait un bien immobilier.

— La mine abandonnée, vous en avez entendu parler, je suppose ?

Célia sentit son instinct se réveiller. Ce type n'était pas là par hasard.

— Bien sûr. Tout le monde connaît la mine. C'est une partie de notre histoire locale.

— Une partie de l'avenir aussi, si tout se passe bien, répondit-il, un éclat intéressé dans les yeux.

Avant qu'elle ne puisse répondre, la porte s'ouvrit à nouveau et Victor entra, secouant la neige de ses épaules.

— Ah, Victor, toujours ponctuel, lança Célia, son ton trahissant son soulagement.

Il fronça les sourcils en voyant l'homme d'affaires, ses yeux le scrutant avec méfiance.

— Et vous êtes ? demanda-t-il sèchement.

— Klein. Promoteur immobilier, répondit-il en tendant une main que Victor serra brièvement.

Le journaliste croisa les bras, adoptant un ton sarcastique.

— Et que fait un promoteur immobilier ici ? Vous êtes là pour admirer la vue ou pour acheter un chalet ?

Klein rit légèrement, bien que son sourire semblât s'affadir.

— Disons simplement que la mine m'intéresse. Une opportunité inexploitée. J'ai même discuté avec Adrien et feu Monsieur Lemoine à ce sujet, à l'époque.

Les regards de Célia et Victor se croisèrent, échangeant une expression de compréhension muette.

— Vous avez parlé avec Lemoine ? demanda Célia, tentant de paraître innocente. Il n'était pas très enthousiaste à l'idée de rouvrir la mine, si je me souviens bien.

— Oh, il était réticent, répondit Klein avec un sourire. Mais tout le monde a un prix.

Victor haussa un sourcil, mais avant qu'il ne puisse répondre, Klein ajouta :

— Je vois que j'ai monopolisé votre temps. Je ne voudrais pas vous déranger davantage. Bonne journée à vous.

Il s'inclina légèrement avant de sortir, laissant derrière lui une atmosphère tendue.

— Ce gars est aussi louche qu'une pièce de monnaie en chocolat, lâcha Victor en regardant la porte.

Célia souffla.

— Et qu'est-ce que tu penses de cette histoire de discussions avec Adrien et Lemoine ?

— Je pense qu'il en sait plus qu'il ne veut bien l'admettre. Et nous devons découvrir quoi.

Après le départ de Victor, Célia tenta de se concentrer sur ses tâches habituelles, mais ses pensées revenaient sans cesse à Klein et ses intentions. À midi, elle se rendit chez Sophie, sa meilleure amie, pour attraper un sandwich rapide.

— Alors, détective en herbe, qu'est-ce qui t'amène ici aujourd'hui ? lança Sophie en lui tendant un pain au chocolat qu'elle n'avait pas demandé.

— Un promoteur immobilier louche et une mine abandonnée, répondit Célia en mordant dans le pain au chocolat avec une exaspération théâtrale.

Sophie la regarda avec des yeux ronds.

— Sérieusement, tu devrais écrire un livre sur ta vie.

— Pas avant d'avoir résolu cette affaire, plaisanta Célia en balayant les miettes de sa table.

Le soir venu, Célia et Victor décidèrent de suivre une piste. Ils avaient appris qu'Adrien avait récemment rencontré Klein dans un café voisin. En arrivant, le propriétaire, un homme jovial, leur confirma la nouvelle.

— Oui, oui, ils étaient là. Adrien semblait nerveux, mais ce Klein, lui, il avait l'air d'avoir le contrôle. Ils parlaient de papiers, je crois.

Victor nota cela, mais une nouvelle information surgit lorsqu'un habitué du café mentionna que Klein avait demandé des informations sur les archives municipales concernant la mine.

— Les archives, murmura Célia, les yeux s'illuminant. Nous devons y retourner, quelque chose a dû nous échapper.

Victor sourit.

— Toujours prête à te jeter dans l'action, hein ?

Après une journée bien remplie, Victor proposa une pause.

— Et si on allait boire un vin chaud ? demanda-t-il.

— Je savais que tu finirais par dire quelque chose d'intelligent, plaisanta la libraire.

Ils se rendirent au marché de Noël, l'ambiance chaleureuse et lumineuse offrant une parenthèse bienvenue. Assis près d'un brasero, avec un vin chaud entre les mains, ils discutèrent à voix basse.

— Tu sais, tu es plutôt douée pour ça, dit Victor.

— Pour quoi ? Boire du vin chaud ? répondit Célia, feignant l'innocence.

— Pour enquêter, ajouta-t-il, son regard devenant plus sérieux.

Un instant, leurs regards se croisèrent mais aucun d'eux n'osa aller plus loin.

— Alors, qu'est-ce qu'on fait demain, chef ? demanda Célia en brisant la tension.

Victor sourit.

— Demain, on va découvrir ce que cache Klein. Et toi, essaie de ne pas te casser un pied en chemin.

— Haha, très drôle, répliqua-t-elle en riant, mais au fond, elle sentit son cœur battre un peu plus vite.

CHAPITRE 11

— Et si on était complètement à côté de la plaque ? lança Célia, son souffle formant un nuage dans l'air glacial.

Victor releva les yeux de son carnet, où il griffonnait des notes depuis qu'ils avaient quitté la librairie.

— Pas de café ce matin, c'est ça ? Tu deviens pessimiste.

— Non, je suis réaliste, répliqua-t-elle en frottant ses mains gantées pour se réchauffer. On suit des indices à moitié effacés, en espérant tomber sur quelque chose de concret. Et toi, tu ne dis rien, comme si tu avais déjà résolu toute l'affaire dans ta tête.

Victor haussa les épaules avec un sourire en coin.

— Parfois, il faut juste suivre le fil sans trop réfléchir. C'est ce que tu fais bien, non ?

Célia roula des yeux mais ne répondit pas. La place du village s'étendait devant eux, tranquille sous un manteau de neige fraîche. Les guirlandes suspendues luisaient encore faiblement dans la lumière du matin, et quelques commerçants déblayaient la neige devant leurs boutiques. Mais l'agitation habituelle des fêtes semblait s'être figée, comme si le mystère qui planait sur Saint-Laurent-des-Bois avait glissé dans l'air.

— Ce village mérite un peu de calme, dit-elle soudain, presque pour elle-même. Mais nous ? On dirait qu'on cherche à compliquer les choses.

Victor éclata de rire.

— Le calme, c'est pour les retraités. Nous, on est faits pour le chaos.

Elle se contenta de soupirer avant de pointer du doigt la mairie, leur destination du jour.

— Allez, chaos-boy, les archives ne vont pas se fouiller toutes seules.

Le maire Monsieur Dupuis qui gardait religieusement la salle, les accueillit avec cette fois-ci un mélange de curiosité et de méfiance.

— Encore vous ? Vous cherchez quoi, cette fois ?

— Des plans de la mine, répondit Célia avec son sourire le plus innocent. Ça fait partie d'un... projet de recherche.

— D'un projet de recherche, répéta Dupuis qui semblait ne pas en croire ses oreilles. Rien à voir avec la mort de Monsieur Lemoine ?

— Rien à voir ! s'empressa d'ajouter Victor en lui accordant un sourire généreux.

Le maire plissa les yeux, mais les laissa entrer sans plus de commentaires.

Les archives étaient plongées dans un calme poussiéreux. Victor et Célia s'installèrent à une table en bois massif, entourés de piles de documents jaunis.

— Pourquoi les archives ont-elles toujours cette odeur de papier moisi ? demanda Victor en feuilletant un registre.

— C'est l'odeur du mystère, répliqua Célia avec un sourire en coin. Apprécie-le.

Après une heure de recherches infructueuses, Célia poussa un soupir dramatique et s'affala sur sa chaise.

— Rien. Absolument rien. On aurait mieux fait de rester au marché.

Victor ne répondit pas, ses yeux rivés sur une pile de plans anciens qu'il venait de découvrir.

— Attends une seconde… regarde ça.

Il déplia une grande carte de la région. Parmi les tracés de la mine et des terrains avoisinants, une petite croix marquée à la main attira leur attention. En dessous, une note manuscrite en pattes de mouche.

— On dirait… un message codé ? s'étonna Célia en plissant les yeux.

Victor haussa un sourcil.

— Une vraie chasse au trésor. Je savais que t'entraîner dans cette enquête serait amusant.

— Si tu veux mon avis, c'est toi qui as de la chance d'être tombé sur moi, répliqua-t-elle avec un sourire.

Ils s'installèrent plus confortablement pour examiner la note. Les mots semblaient disposés de manière aléatoire, mais Célia, les joues rougies par l'excitation, avait déjà attrapé un carnet pour noter des hypothèses.

Il commençait à se faire tard et les deux enquêteurs en herbe décidèrent de retourner chez Célia. Ils s'installèrent dans l'arrière-boutique de la librairie, transformée en centre d'opérations improvisé. La pièce était éclairée par quelques bougies et l'odeur de chocolat chaud flottait dans l'air.

— Bon, dit Victor, qui s'était assis en tailleur sur le tapis, une tasse dans une main et un crayon dans l'autre. Ce code... à première vue, c'est un mélange de lettres et de chiffres. Peut-être une substitution ?

— Ou une anagramme, ajouta Célia, concentrée. Tu sais, comme dans ces romans où les héros intelligents trouvent toujours la solution en une minute.

— Heureusement qu'on n'est pas dans un roman, répondit Victor. Parce que jusqu'ici, je me sens plus proche de l'idiot du village.

Célia éclata de rire, renversant presque sa tasse.

— Tu as raison, heureusement qu'il y a moi pour équilibrer.

La soirée s'étira, rythmée par leurs échanges de théories absurdes et leurs éclats de rire. À plusieurs reprises, Célia se leva pour chercher un livre de codes dans les rayons, trébuchant sur des piles de documents laissées par terre.

— Tu fais exprès pour attirer mon attention ou c'est juste ton talent naturel ? demanda Victor en la rattrapant avant qu'elle ne renverse une lampe.

— Les deux, répondit-elle en riant.

Vers minuit, alors que leurs cerveaux semblaient sur le point de surchauffer, Célia poussa un cri triomphant.

— Attends, je crois que j'ai quelque chose !

Elle montra son carnet où elle avait noté plusieurs permutations. Le message semblait évoquer un coffret caché près de la mine, dans un endroit identifié par un symbole que Victor reconnut sur le plan.

— Un coffret ? C'est quoi, une sorte de trésor ?

— Peut-être des documents, des preuves… ou juste des cailloux, plaisanta Célia. Mais il faut qu'on vérifie.

Victor acquiesça, ses yeux brillants d'enthousiasme.

— Demain, on y va.

Fatigués mais ravis de leur découverte, ils s'appuyèrent contre le canapé, partageant un moment de calme. Célia, toujours en train de griffonner des notes dans son carnet, sentit la main de Victor frôler la sienne par accident. Elle releva les yeux, croisant son regard.

— Tu crois qu'on est sur la bonne piste ? demanda-t-elle, sa voix plus douce.

— Absolument, répondit-il avec un sourire. Avec toi dans l'équipe, comment pourrait-il en être autrement ?

Ils éclatèrent de rire, brisant la tension, mais une chaleur subtile persistait dans l'air. La neige continuait de tomber à l'extérieur, enveloppant la nuit d'une quiétude propice aux rêves et aux mystères.

CHAPITRE 12

Le soleil venait à peine de se lever lorsque Célia rejoignit Victor à la sortie du village. La neige fraîche étincelait sous les premiers rayons de lumière, donnant au paysage une allure de carte postale. Le chemin qui serpentait vers la mine était bordé de sapins lourdement chargés de neige, et l'air glacé mordait leurs joues, les incitant à enfouir leurs visages dans leurs écharpes.

— On aurait dû apporter un traîneau, marmonna Célia en jetant un regard au sentier escarpé qui s'étendait devant eux. Avec un peu de chance, on glissera jusqu'à l'entrée de la mine.

Victor, marchant à côté d'elle, haussa un sourcil amusé.

— Tu te plains déjà ? On n'est même pas encore arrivés.

— Je ne me plains pas, je fais des suggestions d'amélioration, répliqua-t-elle en ajustant son sac à dos. La prochaine fois, je vote pour des recherches dans une bibliothèque chauffée.

Leur conversation légère contrastait avec la tranquillité presque irréelle de la forêt. À mesure qu'ils s'éloignaient du village, le silence devenait plus profond, seulement troublé par le craquement de leurs pas sur la neige gelée.

L'entrée de la mine apparut enfin au détour d'un virage, dissimulée derrière des branchages enneigés.

Depuis le sommet de la colline, Saint-Laurent-des-Bois ressemblait à une miniature de village de conte de fées. La neige recouvrait les toits pointus comme une couche parfaite de sucre glace, et les lumières des guirlandes scintillaient comme des étoiles tombées du ciel. Le clocher de l'église, sombre et imposant, dominait la place, tandis que les bois environnants formaient une frontière sombre et mystérieuse, presque menaçante.

— Eh bien, ça, c'est accueillant, murmura Victor en éclairant l'ouverture sombre avec sa lampe torche.

— Qu'est-ce que tu attendais ? Une enseigne en néon et un tapis rouge ? répliqua Célia en croisant les bras. Allez, arrête de faire semblant d'hésiter. Tu voulais l'aventure, non ?

Victor soupira en levant les yeux au ciel.

— Je me demande parfois pourquoi je te suis dans ce genre de plans.

— Parce que tu sais que sans moi, tu serais resté dans ton bureau à boire du café tiède, dit-elle en lui tapotant l'épaule. Maintenant, allons-y.

Ils s'aventurèrent dans la mine, l'air devenant immédiatement plus froid et chargé de poussière. La lumière de leurs lampes dansait sur les murs irréguliers, créant des ombres étranges qui donnaient à Célia des frissons.

— Bon, rappelons-nous de ne pas nous perdre, hein ? lança-t-elle, essayant de masquer son appréhension par une remarque légère.

Victor haussa un sourcil.

— Pas de problème. Si on se perd, tu pourras utiliser ton instinct légendaire pour nous sortir de là.

— Très drôle, répliqua-t-elle, tout en notant mentalement de ne pas le frapper avec sa lampe… pour l'instant.

Après plusieurs minutes de marche prudente, ils tombèrent sur une bifurcation. L'un des passages semblait obstrué par des pierres, tandis que l'autre s'enfonçait dans l'obscurité. Célia s'arrêta et regarda Victor.

— Alors, Sherlock, gauche ou droite ?

Victor plissa les yeux en scrutant les passages.

— Droite. La croix sur le plan était orientée de ce côté.

— Parfait, allons-y, dit-elle en s'avançant, même si son cœur battait un peu plus vite.

Ils progressèrent lentement, scrutant les parois pour tout indice. Victor éclaira un renfoncement dans le mur et s'immobilisa.

— Attends. Regarde ça.

Célia s'approcha et vit une petite fissure dans la roche. En insistant avec leurs mains, ils dégagèrent un espace suffisant pour apercevoir un coffret métallique, incrusté dans la pierre. Le cœur de Célia bondit.

— Tu vois ? Dis-moi encore que mon instinct n'est pas légendaire ! s'exclama-t-elle en sortant un carnet pour noter leurs trouvailles.

Victor esquissa un sourire.

— Je t'accorde ce point, mais ne prends pas trop la grosse tête.

Ils entreprirent de dégager le coffret, mais avant qu'ils ne puissent l'ouvrir, un bruit sourd retentit derrière eux. Célia sursauta violemment, lâchant presque sa lampe.

— Qu'est-ce que c'était ? murmura-t-elle, la voix tremblante.

Victor se tourna, éclairant le tunnel avec prudence.

— Peut-être... un éboulement ? Ou un animal ?

— Ou quelqu'un, souffla Célia, sentant la peur s'installer en elle.

Ils restèrent immobiles, écoutant le silence de la mine. Puis, des pas légers résonnèrent, se rapprochant lentement. Célia agrippa le bras de Victor.

— Okay, c'est officiel. Je n'aime pas ça du tout.

Victor murmura, son ton plus sérieux :

— Reste derrière moi.

La lumière de leurs lampes ne révéla rien, mais le bruit persista avant de disparaître soudainement, comme si la mine elle-même avait avalé la personne ou la chose. Célia reprit difficilement son souffle.

— Bon. J'ai changé d'avis. On pourrait peut-être ouvrir ce coffret dehors, tu sais... là où il y a du soleil et des gens, suggéra-t-elle, une tentative nerveuse de faire de l'humour.

Victor hocha la tête.

— Bonne idée. Mais prends-le quand même. On ne va pas le laisser ici.

Ils firent demi-tour, mais avant d'atteindre la sortie, une silhouette surgit devant eux, éclairée brièvement par la lampe de Victor. Célia poussa un cri étouffé, tandis que la silhouette s'immobilisait. L'homme était grand, vêtu d'un manteau sombre et portait une écharpe remontée jusqu'à son nez. Ses yeux brillaient d'un éclat intense.

— Vous ne devriez pas être ici, lança-t-il d'une voix rauque.

Victor se plaça devant Célia, levant légèrement sa lampe pour mieux distinguer l'homme.

— Et vous, qu'est-ce que vous faites ici ? demanda-t-il, le ton calme mais ferme.

L'homme les fixa un moment, puis recula lentement sans répondre. Il finit par disparaître dans l'ombre du tunnel, ses pas résonnant encore un instant.

— On dirait que ce n'est pas notre jour, murmura Célia, tentant de reprendre son souffle.

— On sort d'ici, maintenant, dit Victor en la poussant doucement vers l'entrée.

De retour dans l'arrière-boutique de la librairie, Célia et Victor examinèrent enfin le coffret. Celui-ci était fermé par un mécanisme complexe, mais Victor réussit à le débloquer avec une pince. À l'intérieur, ils trouvèrent une enveloppe jaunie contenant des documents.

— C'est tout, pas un seul lingot d'or ? grogna Célia.

Victor, pensif, observa les documents. Une vieille carte semblait indiquer une zone à l'intérieur de la mine, mais elle était cryptique.

— Ce n'est pas une simple carte. Je parie qu'elle indique quelque chose d'important, murmura-t-il.

Célia soupira, mais un sourire étira ses lèvres.

— Une chose est sûre : cette journée ne manque pas de mystères.

Victor esquissa un sourire fatigué, mais satisfait.

CHAPITRE 13

Les deux enquêteurs s'étaient à peine installés dans la librairie pour examiner les documents trouvés dans le coffret que la clochette de la porte d'entrée retentit. Levant les yeux, Célia fut surprise de voir Élodie Lemoine, élégante mais visiblement tendue, franchir le seuil. Ses bottines laissèrent des traces de neige fondue sur le parquet, et son regard glacial balaya la pièce avant de se poser sur la libraire.

— Mademoiselle Lemoine, dit Victor, brisant le silence. Quelle surprise.

Élodie, les lèvres pincées, ignora son ton ironique et s'approcha du comptoir.

— Je pense que vous avez quelque chose qui m'appartient, dit-elle d'une voix sèche.

Célia arqua un sourcil, croisant les bras.

— Oh ? Et qu'est-ce que cela pourrait bien être ?

Élodie lança un regard appuyé à la petite pile de documents sur la table, mais se retint d'y poser les mains.

— Ces papiers. Mon père les avait cachés pour une bonne raison, répondit-elle en articulant chaque mot.

Victor se pencha légèrement en avant, un sourire à peine perceptible.

— Et quelle raison serait-ce ?

Élodie hésita, visiblement agacée par l'interrogatoire implicite. Elle finit par soupirer.

— Ce sont des documents de famille. Ils contiennent des informations sur nos biens et sur la mine. Je veux juste m'assurer que rien d'important ne tombe entre de mauvaises mains.

— Ah oui, parce que nous sommes des « mauvaises mains » maintenant ? lança Célia avec un sourire sarcastique.

— Vous savez très bien ce que je veux dire, répondit Élodie en serrant les poings. Mon père... il n'aurait jamais dû cacher tout ça. Ces documents sont liés à des décisions familiales que je dois prendre.

Célia échangea un regard avec Victor. Quelque chose sonnait faux dans l'explication d'Élodie. Pourquoi n'avait-elle pas simplement demandé ces papiers dès le début ?

— Si c'est si important, pourquoi chercher en douce dans ma librairie au lieu de venir me voir directement ? demanda Célia, son ton devenant plus ferme.

Élodie rougit légèrement, détournant les yeux.

— Je ne pensais pas que vous comprendriez. Vous n'avez aucune idée de ce que c'est que de porter le poids d'un héritage comme celui-là.

— Évidemment ! s'exclama Célia en levant les mains. Et être poursuivie dans une mine abandonnée, ça ne compte pas ? Je commence à penser que ce « poids » est plutôt contagieux.

Victor intervint, sa voix calme mais perçante.

— Élodie, ces documents ne concernent pas que toi. Ils sont liés à des conflits bien plus vastes dans ce village. Tu sais ce que Klein essaie de faire, n'est-ce pas ?

Cette dernière plissa les yeux, visiblement irritée par la mention du promoteur.

— Klein n'est qu'un opportuniste. Je veux protéger ce qui nous appartient avant qu'il ne puisse mettre la main dessus.

— Donc, tu reconnais qu'il y a quelque chose à protéger, conclut Victor, ses yeux brillants d'intérêt.

Élodie hésita, puis attrapa son sac avec frustration.

— Croyez ce que vous voulez. Ces documents ne vous mèneront nulle part sans moi. Si vous trouvez quelque chose, vous savez où me trouver.

Et sur ces mots, elle quitta la librairie, laissant Célia et Victor dans un silence pensif.

— Eh bien, elle est aussi chaleureuse qu'une tempête de neige, lâcha Célia en rassemblant les papiers.

Victor rit doucement.

— Oui, mais elle a lâché quelques indices intéressants. Elle sait quelque chose que nous ignorons.

Célia acquiesça, examinant de plus près les documents devant eux. Elle sentait que leur enquête venait de prendre un tournant encore plus complexe.

— On la suit ? proposa-t-elle soudain, son regard brillant d'excitation.

Victor secoua la tête avec un sourire.

— Pas ce soir. Reposons-nous un peu, détective. On reprendra demain.

Célia soupira, mais ne put s'empêcher de sourire en voyant l'étincelle de détermination dans les yeux de Victor. La course aux secrets ne faisait que commencer.

CHAPITRE 14

Le vent glacial soufflait sur la place du village, mêlant le froid mordant à l'odeur réconfortante de marrons grillés. Célia ajusta son bonnet en laine rouge et pressa le pas. En arrivant au café, elle trouva Victor déjà attablé, une expression mi-concentrée, mi-exaspérée sur le visage.

— Tu es en retard, dit-il sans même lever les yeux de son carnet.

— Bonjour à toi aussi, Victor. Moi aussi, je vais bien, merci, répondit-elle en se laissant tomber sur la chaise en face de lui. Tu devrais essayer d'être moins aimable, ça pourrait ruiner ta réputation.

Victor esquissa un sourire en coin et referma son carnet.

— J'ai commandé un café pour toi. Mais il est froid maintenant.

— Charmant. Alors, des nouvelles de notre mystérieux inconnu d'hier soir ? demanda-t-elle en s'emparant de la tasse.

— Rien de concret. Mais quelqu'un comme lui ne passe pas inaperçu longtemps dans un endroit comme celui-ci.

Célia prit une gorgée, grimaça en constatant que le café était effectivement froid, et posa la tasse.

— Peut-être qu'il est juste venu pour profiter des joies du marché de Noël ? proposa-t-elle avec ironie. Rien de tel qu'un étranger louche pour acheter des sablés en forme de rennes.

Victor haussa un sourcil, mais son regard se porta soudain vers l'entrée. Il se redressa légèrement.

— En parlant du loup…

Célia suivit son regard et repéra immédiatement l'homme en manteau sombre et chapeau qui venait de pénétrer dans le café. Il s'installa à une table près du comptoir et commanda un café, sans jamais détourner le regard de son téléphone.

— Très discret, murmura Victor.

— Tu crois qu'il est là pour nous ?

— Ou pour quelqu'un d'autre, répondit Victor en plissant les yeux. Mais il ne vient pas d'ici, ça, c'est sûr.

Avant qu'ils ne puissent élaborer davantage, la porte du café s'ouvrit brusquement, laissant entrer un courant d'air glacial et le policier Raymond, visiblement emmitouflé dans plusieurs couches de vêtements.

— Ah, vous voilà, vous deux ! dit-il en s'installant sans invitation. Vous avez vu ce type là-bas ?

Il inclina la tête vers l'homme au manteau sombre, qui, cette fois, leur jeta un coup d'œil bref mais calculé. Victor soupira.

— Félicitations, Raymond, vous venez de lui confirmer qu'on parle de lui.

Raymond haussa les épaules, indifférent.

— Il traîne dans le coin depuis hier et j'ai entendu dire qu'il discutait avec Adrien. Vous pensez qu'il est venu ici pour la mine ?

— Probablement, murmura Victor. Mais la question est : pourquoi ?

Avant que Raymond ne puisse ajouter quoi que ce soit, l'homme se leva, posa un billet sur le comptoir, et sortit du café sans un mot. Célia se redressa.

— On le suit ?

Victor soupira en attrapant son manteau.

— Bien sûr. Pourquoi pas. Courir dans la neige, c'est tout ce que j'avais prévu aujourd'hui.

Ils suivirent l'homme à distance, traversant la place illuminée par des guirlandes scintillantes. Les étals du marché de Noël ajoutaient une touche festive au décor, mais ni Célia ni Victor n'étaient d'humeur à s'arrêter pour un chocolat chaud.

— Il va vers l'atelier d'Adrien, murmura Victor alors que l'homme bifurquait dans une ruelle étroite.

— Pourquoi je ne suis pas surprise ? répondit Célia.

Ils se cachèrent derrière un tas de bois à l'extérieur de l'atelier et observèrent par une fenêtre givrée. À l'intérieur, Adrien et l'homme semblaient engagés dans une conversation animée. L'homme tendit une enveloppe à Adrien, qui hésita avant de la prendre.

— Qu'est-ce que tu crois qu'il peut bien y avoir là-dedans ? murmura Célia.

— Des papiers, peut-être. Mais ce qui m'inquiète, c'est ce qu'Adrien a en tête. Il semble plus nerveux que d'habitude, répondit Victor en prenant discrètement une photo avec son téléphone.

Un bruit de pas derrière eux les fit sursauter. Ils se retournèrent pour voir Sophie, portant un panier de pain sous le bras, les dévisageant avec amusement.

— Qu'est-ce que vous faites là ? demanda-t-elle à voix basse.

— Rien de louche, promit Célia. Et toi ?

— Je fais ma tournée, mais vous, vous avez l'air de deux espions amateurs. Qu'est-ce qui se passe ?

Victor soupira.

— Longue histoire. On te racontera plus tard.

— Je compte bien l'exiger, dit-elle en souriant. Allez, faites attention à ne pas vous faire prendre.

De retour au café, Célia et Victor s'installèrent pour faire le point. Les joues encore rouges à cause du froid, la libraire réchauffait ses mains autour d'une tasse de chocolat chaud.

— Résumé : Adrien est encore plus impliqué qu'on ne le pensait, mais on ne sait pas pourquoi, dit-elle.

Victor posa son téléphone sur la table, affichant les photos qu'il avait prises.

— Peut-être que ces images nous donneront un indice. On dirait qu'ils échangeaient quelque chose d'important.

— On progresse, déclara Célia avec un sourire satisfait. Pas mal pour une matinée.

Victor la fixa un instant, un sourire amusé au coin des lèvres.

— Tu sais, tu es plus maligne que tu n'en as l'air.

Célia rougit légèrement, mais répondit du tac au tac.

— Et toi, tu es moins insupportable que je ne l'imaginais.

Victor ne releva pas et s'empressa de changer de sujet.

— Il faudrait qu'on trouve un ancien du village, quelqu'un qui les connaissait à l'époque, quand la mine était encore ouverte…

— Et qui s'intéressait aux potins de l'époque, ajouta Célia, une lueur dans les yeux. Tu penses à ce que je pense ?

— Madame Rousseau ! s'écria-t-il en tapant son poing sur la table.

CHAPITRE 15

La maison de Madame Rousseau était comme un petit musée vivant, pleine de souvenirs et de livres entassés sur chaque surface disponible. Célia et Victor s'étaient installés dans le salon, un endroit éclairé par la douce lueur d'une lampe ancienne. Une odeur de thé épicé flottait dans l'air alors qu'elle leur servait des biscuits de Noël faits maison.

— Merci de nous recevoir, dit Célia avec un sourire sincère. On sait que vous êtes une mine d'or... ou de légendes, dans ce cas.

La vieille dame éclata de rire, un son chaleureux et réconfortant.

— Oh, ma chère, vous savez bien que j'adore parler. Surtout quand il s'agit de ces anciennes histoires.

Victor, toujours sceptique, s'adossa à sa chaise.

— Vous avez mentionné une légende sur la mine. Une histoire de trésor caché ?

Madame Rousseau hocha la tête, son regard s'illuminant d'excitation.

— Oh oui, cette légende remonte à plusieurs générations. Les mineurs auraient caché un trésor pour protéger le village des investisseurs étrangers qui voulaient s'approprier la mine. Des lingots d'or, des bijoux, et peut-être des documents précieux. Mais il y a un hic.

Célia, captivée, se pencha en avant.

— Quel hic ?

Elle leva un doigt dramatique.

— La malédiction. Les mineurs auraient également laissé un avertissement : quiconque chercherait à prendre ce trésor pour des raisons égoïstes serait frappé par une terrible malchance.

Victor croisa les bras, un sourire amusé aux lèvres.

— Et vous pensez que cette malédiction a quelque chose à voir avec ce qui arrive ?

Madame Rousseau haussa les épaules, mais son ton resta grave.

— Qui sait ? Monsieur Lemoine était un homme prudent. Peut-être savait-il quelque chose qu'il voulait protéger. Et maintenant, avec ce promoteur immobilier, Klein, qui traîne dans le coin… disons que cela me donne à réfléchir.

Célia se tourna vers Victor, ses pensées s'éclairant.

— Les documents que nous avons trouvés… s'ils contiennent des indices liés à ce trésor, alors Klein pourrait essayer de s'en emparer.

Victor acquiesça, mais garda un air pensif.

— Si ce trésor existe, bien sûr.

Madame Rousseau, remarquant leur scepticisme, se leva rapidement et se dirigea vers le salon. Elle fouilla dans une vieille boîte posée sur une étagère et en sortit un papier jauni par le temps.

— Regardez ça. C'est une copie d'une vieille carte que mon arrière-grand-père avait faite de la mine. Vous voyez cette croix ? Elle correspond à l'endroit supposé du trésor.

Célia et Victor se penchèrent sur la carte. La croix était bien marquée, au fond d'un tunnel secondaire, comme sur les documents retrouvés dans le coffret.

— Fascinant, murmura Victor. Mais pourquoi personne n'a jamais vérifié ?

Elle posa une main sur son cœur, comme si la réponse était évidente.

— La peur de la malédiction, évidemment !

Célia éclata de rire, mais l'idée restait dans un coin de son esprit. La peur pouvait expliquer bien des choses… mais pas tout.

Alors qu'ils quittaient la maison, le soleil d'hiver commençait à se coucher, projetant une lumière dorée sur le village. Célia tenait la carte avec précaution, comme si elle craignait qu'elle ne s'évanouisse.

— Tu crois à cette histoire de malédiction ? demanda Victor, les mains dans les poches.

Célia haussa les épaules, un sourire malicieux aux lèvres.

— Je crois qu'on est sur une piste. Et je crois que tu es intrigué, même si tu ne veux pas l'admettre.

Il secoua la tête, amusé.

— Tu as un talent pour rendre les choses compliquées excitantes.

Ils s'échangèrent un sourire complice avant de reprendre leur chemin. La mine abandonnée les appelait, et avec elle, des secrets qu'ils étaient de plus en plus déterminés à dévoiler.

CHAPITRE 16

Célia ferma la porte de la librairie, prenant soin de laisser une lumière allumée pour donner l'illusion qu'elle travaillait encore. Victor était parti un peu plus tôt, prétextant avoir des recherches à finaliser pour son article, ce qui tombait à point pour le plan de Célia. Elle lui avait vaguement mentionné qu'elle devait ranger des stocks, mais en réalité, elle avait une tout autre mission en tête.

— Juste un petit tour, rien de bien risqué, se murmura-t-elle en resserrant son manteau contre le froid nocturne.

La rue était calme, les maisons étaient illuminées par des guirlandes de Noël, et la neige crissait sous ses bottes. Elle se dirigea discrètement vers l'atelier de menuiserie d'Adrien, près de la lisière des bois.

À mesure qu'elle approchait, le silence devint plus oppressant. L'atelier, une bâtisse ancienne en pierre avec un toit incliné, semblait endormi. Mais Célia savait qu'Adrien était souvent là tard dans la nuit, travaillant sur ses restaurations ou bricolant dans son coin.

— Tu peux faire ça, souffla-t-elle pour se donner du courage.

Elle contourna le bâtiment, cherchant une fenêtre ou une ouverture. La première étape de son plan se déroulait sans accroc, jusqu'à ce qu'elle bute contre une pile de bois près de la porte arrière. Le bruit d'une bûche roulant sur le sol résonna dans le silence de la nuit comme un coup de tonnerre.

— Et mince..., murmura-t-elle, le cœur battant à tout rompre.

Elle tenta de se dissimuler derrière une vieille charrette, mais il était trop tard. La porte de l'atelier s'ouvrit brusquement, et Adrien apparut, une lampe torche à la main. Ses yeux fouillèrent la nuit jusqu'à se poser directement sur elle.

— Célia ? gronda-t-il. Qu'est-ce que tu fais ici ?

Elle sortit lentement de sa cachette, essayant de paraître aussi innocente que possible.

— Oh, salut Adrien ! Je... je passais par là et...

— Arrête de raconter des bêtises, la coupa-t-il. Personne ne passe par là par hasard. Tu fouillais ?

Célia leva les mains en signe d'apaisement, mais son ton ne perdit rien de son aplomb.

— Fouiller ? Moi ? Pas du tout. Je... j'admire ton sens de l'organisation... en bois. Vraiment impressionnant, tout ce rangement.

Adrien s'avança lentement, sa lampe torche projetant des ombres menaçantes autour d'eux. Son visage était dur, presque hostile.

— Écoute-moi bien, Célia. Ce que je fais ici ne te regarde pas. Et si tu continues à mettre ton nez dans mes affaires, tu vas finir par le regretter.

Elle sentit un frisson lui parcourir l'échine, mais ne recula pas.

— Regretter quoi, exactement ? Tu caches quelque chose ? Parce que si tu n'as rien à te reprocher, je ne vois pas pourquoi tu t'énerverais autant.

Adrien serra les dents, visiblement à bout de patience.

— C'est un avertissement, Célia. Va-t'en. Et reste loin de moi.

Il tourna les talons et retourna dans son atelier, claquant la porte derrière lui. Célia resta figée un instant, ses pensées s'emballant. Elle avait été imprudente, mais la réaction d'Adrien confirmait ses soupçons : il cachait quelque chose.

— Eh bien, murmura-t-elle en s'éloignant à pas rapides, je crois qu'il va falloir jouer plus finement la prochaine fois.

Sur le chemin du retour, l'air froid de la nuit sembla calmer ses nerfs, mais elle ne pouvait chasser l'image du regard menaçant d'Adrien. Elle pensait bien faire l'impasse sur ces évènements car elle se doutait que Victor n'apprécierait pas sa petite escapade solitaire.

CHAPITRE 17

La boulangerie de Sophie, nichée dans un coin de la place, était un sanctuaire de chaleur et de réconfort. Les étagères débordaient de pains dorés et de viennoiseries encore fumantes, diffusant une odeur sucrée de cannelle et de beurre. Le four à bois, niché à l'arrière, crépitait doucement, ajoutant une lumière vacillante à l'ambiance douillette. Pendant un instant, tout problème semblait suspendu, englouti dans cette bulle de douceur.

Mais pour Célia, l'éclat de cette soirée semblait étouffer une part de l'inquiétude qu'elle ressentait encore après sa confrontation avec Adrien.

— Arrête de tirer cette tête, lui dit Sophie, en la dévisageant. Ce n'est pas le moment de penser à tes livres d'enquêtes. Viens, on va faire un tour au marché de Noël, tu es ici pour te détendre, ok ?

Célia haussa les épaules, un demi-sourire sur les lèvres, tandis que Sophie la poussait à l'extérieur de sa boutique.

— Tu sais que ce n'est pas si facile. Entre le travail et... tout le reste.

— Tout le reste, hein ? Tu veux dire ton obsession pour les mystères et ton beau duo avec Victor ?

Célia rougit jusqu'aux oreilles.

— Victor n'a rien à voir là-dedans !

— Oh, bien sûr que non. C'est pour ça que tu as toujours cet éclat particulier dans les yeux quand tu parles de lui, hein ?

Célia ouvrit la bouche pour répliquer, mais Sophie leva la main, amusée.

— Ne me fais pas croire que je me trompe. Vous vous tournez autour depuis que tu es revenue ici. Franchement, c'est à se demander pourquoi vous ne sortez pas ensemble.

Célia soupira, exaspérée.

— Sophie, laisse tomber. Victor est juste... Victor. Et puis, il est tellement grincheux.

— Grincheux, peut-être, mais il t'aime bien. Tu vois comment il te regarde parfois ?

La libraire secoua la tête, un sourire amer apparaissant sur ses lèvres.

— Peu importe. Je ne suis pas prête pour ça, de toute façon. Tu sais pourquoi je suis revenue ici. Après ce qui s'est passé avec Marc...

Sophie posa doucement une main sur celle de Célia.

— Je sais. Mais tu ne peux pas laisser ton idiot d'ex détruire ta foi en l'amour. Ce type ne te méritait pas, Célia. Tu as pris une bonne décision en quittant Paris et en ouvrant ta librairie. Mais il est peut-être temps de penser à toi aussi.

— Et tu penses que Victor est la solution ? demanda Célia avec un rire incrédule.

Sophie haussa les épaules, un sourire en coin.

— Peut-être. Je veux dire, il est grincheux, mais il est drôle, intelligent, et surtout, il te respecte. Tu mérites quelqu'un de bien, Célia. Quelqu'un qui te fait briller, pas qui t'éteint comme Marc l'a fait.

Célia baissa les yeux sur sa tasse de vin chaud, pensive. Elle appréciait les paroles de son amie, mais une partie d'elle n'était pas encore prête à envisager quoi que ce soit.

— On verra, finit-elle par dire doucement. Mais pour l'instant, je veux juste survivre à cette fête.

Un cri retentit près d'un stand vendant des bougies artisanales. Une petite flamme, initialement anodine, s'était transformée en un feu menaçant, grimpant rapidement le long de la toile du stand. Les villageois paniquèrent, certains s'éloignant en courant tandis que d'autres tentaient d'éteindre les flammes avec des seaux de neige et d'eau.

Sophie attrapa le bras de Célia.

— Qu'est-ce qui s'est passé ? demanda-t-elle, le visage inquiet.

Célia, elle, était figée, ses yeux fixés sur la scène. Ce n'était pas le feu qui la troublait, mais la silhouette sombre qu'elle venait d'apercevoir disparaître derrière un stand voisin. Elle plissa les yeux, mais la personne était déjà hors de vue.

— Célia ? Tu vas bien ?

La voix de Sophie la ramena à la réalité.

— Oui, oui. Je... je crois qu'il y avait quelqu'un. Juste là. Mais je n'ai pas vu qui.

Sophie fronça les sourcils.

— Tu penses que c'était intentionnel ?

— Peut-être, murmura Célia, encore troublée. Mais je ne suis pas sûre.

Les flammes furent rapidement maîtrisées par les villageois, mais la tension ne disparut pas pour autant. Le maire, visiblement inquiet, fit une annonce pour calmer la foule, expliquant que tout était sous contrôle.

Alors que la fête reprenait doucement son cours, Sophie et Célia s'éloignèrent pour se réfugier près d'un banc. Cette dernière n'arrivait pas à se défaire de cette sensation de malaise.

— Tu sais, dit Sophie après une gorgée de vin chaud, ça commence à devenir étrange, tout ça. Entre ce feu, tes mystères de librairie, et... Victor.

Célia tourna la tête vers elle, incrédule.

— Pourquoi tu ramènes Victor dans cette histoire ?

Sophie haussa les épaules avec un sourire en coin.

— Parce que j'ai l'impression que, chaque fois qu'il est dans les parages, il y a toujours quelque chose qui brûle... ou toi, peut-être.

Célia éclata de rire, même si ses joues prirent une teinte cramoisie.

— Tu es incorrigible, Sophie.

Mais derrière son humour, un voile d'inquiétude persistait. Elle sentait que ce feu n'était pas un simple accident. Et elle avait l'intention de découvrir la vérité, avec ou sans l'aide de Victor.

CHAPITRE 18

La neige tombait silencieusement dehors, enveloppant le village dans un calme presque surnaturel. Célia referma son manteau en rentrant chez elle, les joues rougies par le froid. Elle s'était arrêtée chez Sophie pour un dernier chocolat chaud avant de rentrer, mais la solitude de sa maison lui parut soudain bienvenue. Elle avait besoin de réfléchir.

En entrant, elle posa machinalement ses clés sur la table et se dirigea vers son petit bureau encombré. Là, un carton qu'elle n'avait jamais eu le courage de ranger attirait son attention. Elle savait exactement ce qu'il contenait : des souvenirs qu'elle aurait dû oublier depuis longtemps. Soupirant, elle ouvrit le couvercle.

Des photos, des lettres, des tickets de concert. Tout ce qu'elle avait accumulé pendant ces années avec Marc.

— Pourquoi j'ai encore ça ? murmura-t-elle. J'aurais dû les brûler depuis longtemps.

Mais au lieu de les jeter, elle posa son vin chaud réchauffé à la micro-onde sur la table basse et alluma son ordinateur portable. L'écran bleuâtre projeta une lumière douce dans la pièce. À peine connectée, une notification apparut dans le coin de l'écran : un dossier photos qu'elle n'avait pas ouvert depuis une éternité. *Vacances avec Marc ».

— Oh, génial..., soupira-t-elle en cliquant dessus, plus par curiosité que par envie.

Les images apparurent, une succession de sourires figés et de moments qui semblaient appartenir à une autre vie. Marc, toujours impeccable dans ses costumes, affichait cette même assurance arrogante qui avait d'abord charmé Célia, puis fini par l'étouffer. Sur une photo, il tenait un verre de champagne lors d'une soirée avec ses collègues. À ses côtés, il y avait Claire, la fameuse Claire.

Célia plissa les yeux. Bien coiffée, bien maquillée... et avec ce rire affreux qui pouvait fissurer du verre. Ses cheveux blonds impeccables semblaient briller même sur le papier glacé. Elle ne savait pas si elle devait rire ou pleurer. Elle se souvenait de la première fois qu'elle avait rencontré Claire lors d'une soirée professionnelle. Elle était belle, évidemment. Mince, très mince, toujours un mot drôle à dire, mais avec une froideur calculée qui avait laissé Célia mal à l'aise.

— Et Marc a préféré ça..., se désola-t-elle en déplaçant la souris vers le dossier.

Une impulsion soudaine la saisit, et avant qu'elle ne puisse changer d'avis, elle sélectionna toutes les photos et cliqua sur « Supprimer ».

Un message de confirmation apparut :

« Supprimer définitivement ces fichiers ? »

— Oui, merci, dit-elle à l'écran en appuyant sur la touche.

Une fois les images effacées, un sentiment de soulagement l'envahit. C'était comme si elle venait de balayer un peu plus de son passé, d'éliminer les derniers vestiges de cette relation qui n'avait fait que la diminuer.

— Très bien, reprenons les choses importantes, murmura-t-elle en sirotant son vin chaud.

Elle ouvrit un onglet de navigation et tapa le nom de Klein. La première page de résultats ne révélait rien d'étrange — une page LinkedIn, quelques articles de journaux sur ses projets immobiliers précédents. Mais en poursuivant ses recherches, Célia remarqua un schéma. Plusieurs entreprises écrans étaient liées à lui, des sociétés étrangement nommées qui avaient récemment acquis des terrains autour de la mine abandonnée.

— Tiens, tiens... qu'est-ce que tu mijotes ? dit-elle à voix haute.

Elle ouvrit une carte en ligne du village et localisa les parcelles. Chacune des acquisitions était stratégiquement positionnée pour entourer la mine. Les dates d'achat étaient révélatrices : six transactions, toutes effectuées dans les six derniers mois.

— Il ne fait pas semblant... C'est clair qu'il cherche à verrouiller l'accès.

Son esprit s'emballa. Pourquoi Klein s'intéressait-il autant à la mine ? Avait-il découvert quelque chose sur le trésor supposé ?

Et si oui, à quel point était-il prêt à aller loin pour l'obtenir ?

CHAPITRE 19

Le matin était glacial, et la lumière blafarde du soleil filtrait à peine à travers les nuages chargés de neige. Célia, emmitouflée dans son éternelle écharpe rouge, frappait à la porte de Victor avec une énergie presque contagieuse. Quand il ouvrit enfin, les cheveux en bataille et l'air encore ensommeillé, elle leva triomphalement un carnet de notes.

— Bonne nouvelle, dit-elle en entrant sans attendre d'invitation. J'ai fait une grande découverte hier soir !

Victor grogna et referma la porte.

— C'est officiel, tu ne respectes pas les matinées des autres.

— Ce n'est pas ma faute si tu dors comme un ours en hibernation, répliqua Célia en posant son carnet sur la table basse. Klein a acheté presque tous les terrains autour de la mine ces six derniers mois.

Victor haussa un sourcil, visiblement intéressé malgré son air grognon.

— Continue, dit-il en s'affalant sur le canapé. Mais fais court, je n'ai pas encore bu de café.

Célia roula les yeux mais continua, excitée.

— Ces terrains forment un cercle presque parfait autour de la mine. Il ne reste que deux parcelles à acheter pour qu'il contrôle tout l'accès au site. Je suis sûre qu'il sait quelque chose, et que tout ça est lié au trésor.

Victor ouvrit la bouche pour répondre, mais son téléphone vibra sur la table. Il le saisit et fronça les sourcils.

— C'est Dupuis, dit-il avant de décrocher. Allô ?

Célia observait en silence tandis que l'expression de Victor se durcissait.

— On arrive, dit-il finalement avant de raccrocher.

— Qu'est-ce qui se passe ? demanda Célia, intriguée.

— Un vol. Chez le maire. Il veut qu'on vienne tout de suite.

En arrivant chez Dupuis, ils trouvèrent le maire debout au milieu de son salon en désordre. Des papiers étaient éparpillés partout, et la fenêtre arrière était entrouverte, laissant entrer une brise glaciale.

— Merci d'être venus, dit Dupuis en se passant une main sur le front. Je ne sais pas quoi faire.

Raymond, déjà présent, inspectait la fenêtre avec une expression solennelle.

— C'est une entrée classique. Le voleur a dû utiliser un outil pour forcer le verrou, dit-il, visiblement fier de son analyse.

Célia et Victor échangèrent un regard.

— Qu'est-ce qui a été volé ? demanda Victor en s'approchant du maire.

Dupuis poussa un soupir.

— Des dossiers. Je gardais ici des documents importants liés à l'urbanisme et aux terrains du village. Depuis l'inondation à la mairie, beaucoup de choses ont été entreposées chez moi.

— Et ces dossiers concernaient... quoi exactement ? demanda Célia, son intérêt piqué.

Il haussa les épaules.

— Principalement des plans de terrains autour de la mine. Mais aussi des propositions de projets. Je ne comprends pas pourquoi quelqu'un voudrait ça.

Victor prit un carnet et commença à noter des informations.

— C'est étrange. Le vol semble très ciblé. Vous êtes sûr qu'il ne manque rien d'autre ?

Le maire hocha la tête.

— Rien d'autre. Ils savaient ce qu'ils cherchaient.

Célia observait Raymond, qui fouillait toujours près de la fenêtre.

— Vous avez une théorie ? demanda-t-elle.

Raymond se redressa, l'air grave.

— Ça pourrait être... un cambrioleur professionnel.

Célia leva les yeux au ciel.

— Merci pour cette analyse brillante, agent.

Victor réprima un sourire.

— Qu'importe qui c'est, dit-il. Ce qui compte, c'est pourquoi. Et je pense qu'on commence à avoir une idée.

Il regarda Célia, qui comprit immédiatement.

— Klein, murmura-t-elle. Tout ça tourne autour de lui.

Dupuis fronça les sourcils.

— Klein, le promoteur ? Vous pensez qu'il est impliqué ?

— On ne sait pas encore, répondit Victor. Mais ces terrains, la mine, et maintenant ces vols... tout pointe dans une direction. Et il est temps qu'on trouve des réponses.

En quittant la maison du maire, Célia et Victor marchèrent côte à côte dans la neige, leurs esprits travaillant à toute allure.

— Tu penses vraiment que Klein serait aussi impliqué, au point de venir cambrioler chez le maire ? demanda Célia.

— Peut-être pas lui directement, mais quelqu'un qui travaille pour lui, répondit Victor. Et si c'est le cas, on doit agir vite.

La libraire hocha la tête, son regard se perdant dans les flocons qui tombaient doucement. Elle avait l'impression que chaque pas les rapprochait d'une révélation, mais aussi d'un danger plus grand. Et qu'est-ce que ça l'excitait !

CHAPITRE 20

Victor poussa la porte du petit café de la place, saluant rapidement le serveur d'un signe de la main. L'endroit était presque vide, à l'exception d'un homme assis dans un coin, une tasse de café fumant devant lui. Paul Renard. L'ancien mineur était emmitouflé dans un vieux manteau, le regard fixe sur la table, comme s'il était plongé dans des souvenirs lointains.

— Monsieur Renard ? demanda Victor en s'approchant.

Paul releva la tête, ses yeux plissés scrutant Victor avant de hocher lentement.

— Vous êtes le journaliste, c'est ça ?

— Exactement. Merci d'avoir accepté de me rencontrer.

Victor s'assit en face de lui, sortant un carnet et un stylo. Paul resta silencieux un moment, avant de pousser un soupir.

— Vous savez, je n'aime pas trop parler de cette époque. Mais bon... peut-être qu'il est temps que certaines choses soient dites.

Victor acquiesça doucement, adoptant un ton apaisant.

— Prenez votre temps. Je suis là pour écouter.

Paul fixa sa tasse un instant, ses mains rugueuses tremblant légèrement.

— La mine, c'était… tout pour ce village. Mais c'était aussi un endroit dangereux. Beaucoup de choses se passaient dans l'ombre, des choses que les gens du village n'ont jamais sues.

Le journaliste se pencha légèrement, son carnet prêt.

— Quelles sortes de choses ?

Paul leva les yeux, comme s'il pesait le poids de ses mots.

— Des accidents. On disait que c'était « normal » pour une mine, mais certains de ces accidents étaient… étranges. Et puis, il y avait des tensions. Des investisseurs de l'extérieur voulaient prendre le contrôle. Ils disaient que la mine avait un potentiel inexploitable. Mais ils n'étaient pas là pour aider. Ils étaient là pour s'enrichir, au détriment des mineurs.

Victor hocha la tête, notant rapidement.

— Vous étiez mineur à cette époque. Avez-vous été témoin de ces conflits ?

Paul esquissa un sourire amer.

— Oh, oui. Quand la mine a fermé j'étais encore jeune, je n'y ai pas travaillé longtemps mais Lemoine, il était au cœur de tout ça. Il était respecté, mais il avait aussi ses détracteurs. Adrien était l'un d'eux. Ils s"étaient disputés violemment. Une fois, ça avait failli en venir aux mains.

Victor leva un sourcil.

— Savez-vous pourquoi ?

Paul hocha la tête, l'air sombre.

— Adrien pensait que Lemoine cachait quelque chose. Il disait qu'il jouait un double jeu avec les investisseurs. Et puis, il y avait cet étranger… un homme imposant, toujours en costume. Il venait souvent, mais personne ne savait vraiment qui il était.

— Cet homme, continua Victor, avez-vous un nom ?

Le mineur secoua la tête.

— Non. Mais je sais qu'il était lié à un carnet que l'ancien chef de chantier gardait. Ce carnet contenait des notes sur tout ce qui se passait à la mine. Des schémas, des événements… Peut-être même des indices sur ce fameux « trésor » dont les gens parlent encore aujourd'hui.

Le journaliste se redressa légèrement, intrigué.

— Qu'est-il arrivé à ce carnet ?

Paul haussa les épaules.

— Disparu. Quand la mine a fermé, beaucoup de choses ont été perdues ou volées. Mais si quelqu'un met la main dessus, je parie qu'il trouvera plus que des vieilles notes.

Victor remercia Paul pour ses informations et quitta le café avec son carnet rempli de notes. Le froid vif le frappa lorsqu'il sortit, mais son esprit était en ébullition. Ce carnet pouvait être la clé pour comprendre ce qui se passait. Mais où chercher ? Et surtout, qui d'autre était déjà sur cette piste ?

Une chose était sûre : Célia devait entendre tout cela.

CHAPITRE 21

Célia fixait le plafond de la librairie, les mains croisées sur son bureau. Elle réfléchissait à cette intuition persistante qui lui trottait dans la tête depuis la veille. Si Monsieur Lemoine avait dissimulé un mot dans un livre, peut-être y en avait-il d'autres cachés dans sa maison.

— Allez, ma grande, c'est le moment de fouiller, murmura-t-elle à voix haute, plus pour s'encourager qu'autre chose.

Avant qu'elle ne puisse s'enfoncer davantage dans ses pensées, Sophie entra dans la librairie, un grand sac en papier à la main.

— J'ai apporté des croissants, annonça-t-elle joyeusement. Et ne me dis pas que tu n'as pas le temps. Tu vas manger.

La libraire sourit en voyant son amie s'installer d'office au comptoir.

— Je pensais justement aller fouiller dans la maison de Monsieur Lemoine, dit Célia en attrapant un croissant. Une intuition.

Sophie éclata de rire.

— Toi et tes intuitions... Tu sais qu'un jour, tu vas te retrouver dans un gros problème, non ?

— Peut-être, mais aujourd'hui, j'ai besoin de vérifier quelque chose. Tu viens avec moi ?

Sophie haussa les sourcils mais ne tarda pas à accepter.

— Bon, d'accord. Je suis curieuse de voir ce que tu cherches encore à découvrir.

La maison de Monsieur Lemoine était aussi froide et silencieuse que la dernière fois que Célia y était venue. Elles commencèrent à fouiller les étagères, les tiroirs et les vieux coffres, mais à mesure que les heures passaient, elles ne trouvaient rien qui puisse être lié à l'étrange mot ou à la mine.

— Bon, je crois qu'on perd notre temps, dit Sophie en soufflant sur ses mains glacées. Ce n'est pas ici qu'on trouvera quoi que ce soit.

Célia, frustrée, s'adossa à une étagère et croisa les bras.

— Mais où alors ? Le mot était dans un livre... Je suis sûre qu'il y a d'autres indices, mais où ?

Sophie posa une main sur l'épaule de son amie.

— Dis-moi, dans quel livre as-tu trouvé ce premier mot ?

— C'était dans celui qu'il m'avait rendu, répondit Célia, un peu perdue dans ses pensées. Il disait qu'il n'était pas à la hauteur de ses attentes.

Sophie fronça les sourcils.

— Et... il t'en a rendu d'autres, non ?

Célia ouvrit de grands yeux.

— Mais oui... Il ramenait tout le temps des livres, jamais satisfait !

Elles se regardèrent, un éclair de compréhension passant entre elles.

— Retour à la librairie, dit Sophie avec un sourire triomphant.

De retour, elles se mirent à fouiller dans la section des livres rendus que la libraire n'avait pas eu le temps de remettre en rayon. Célia se souvenait très bien des titres que Monsieur Lemoine avait rendus, elle les lui avait tous conseillés. Les livres furent rapidement localisés. Sophie, toujours plus rapide pour feuilleter, s'empara d'un vieux roman historique.

— Bingo ! s'exclama-t-elle en retirant une petite enveloppe glissée entre les pages.

Célia accourut, le cœur battant. Elles ouvrirent ensemble l'enveloppe, révélant plusieurs lettres manuscrites, écrites sur un papier jauni.

— C'est de l'époque de la mine, murmura Célia en examinant les documents.

Les lettres parlaient de tensions croissantes à la mine, de conflits entre les mineurs et les investisseurs, mais aussi d'un plan secret pour « protéger ce qui compte ». Une phrase attira particulièrement leur attention : *« Lemoine et nous avons pris des mesures. Ils ne trouveront rien tant que le code ne sera pas révélé. »*

Sophie laissa échapper un sifflement bas.

— Tu crois que ça parle du trésor ?

— Probablement, répondit Célia, les yeux brillants d'excitation. Et si ces lettres sont vraies, alors Monsieur Lemoine était bien plus impliqué qu'on ne le pensait.

Sophie posa une main sur le bras de Célia.

— Eh bien, ma grande, on dirait que ton intuition était la bonne. Mais tu sais que tout ça devient de plus en plus risqué, pas vrai ?

Célia hocha la tête, une détermination nouvelle dans le regard.

— Je sais. Mais maintenant, on ne peut plus reculer.

CHAPITRE 22

La neige craquait sous leurs pas alors que Célia et Victor s'avançaient lentement vers l'entrée de la mine abandonnée. La lueur du matin était douce, filtrant à travers les branches d'arbres enneigés, mais l'atmosphère était loin d'être paisible. Les mots trouvés dans les lettres leur avaient donné une nouvelle piste, et ni l'un ni l'autre ne voulait perdre de temps.

— Je dois l'admettre, dit Victor en jetant un coup d'œil à l'entrée sombre et menaçante de la mine, ce n'est pas exactement mon idée d'une promenade romantique.

— Romantique ? s'écria Célia en lui jetant un regard surpris.

— C'était une blague, détends-toi, dit-il avec un sourire narquois. Mais si tu veux qu'on en fasse une vraie, je peux t'emmener boire un vin chaud au marché plus tard.

Célia rougit et se concentra sur ses bottes, essayant de ne pas glisser sur une plaque de glace.

— D'abord, on doit vérifier ces indications, marmonna-t-elle.

Ils s'équipèrent de lampes torches et avancèrent dans l'obscurité. L'air était froid et humide, une odeur de terre et de rouille flottait autour d'eux. Les murs de la mine étaient couverts de mousse gelée, et les vieux rails de charrette disparaissaient dans les profondeurs.

— Tu penses vraiment que quelque chose peut encore être ici ? demanda Victor, sa voix étouffée par l'écho.

— Si Lemoine a laissé ces indices, c'est qu'il y avait une raison. Ça vaut le coup d'essayer, répondit Célia en scrutant les murs à la recherche d'une inscription ou d'un symbole. Et puis maintenant on sait davantage où chercher.

Ils marchèrent pendant plusieurs minutes, la tension montant à chaque pas. Soudain, Victor s'arrêta et pointa sa lampe sur une paroi rocheuse. Une inscription gravée y était visible, à peine lisible sous une couche de poussière.

— Regarde ça, murmura-t-il.

Les mots « *Dette des mineurs* » étaient gravés dans la pierre, accompagnés d'un symbole ressemblant à une étoile à six branches.

— Ça doit être ça, dit Célia, excitée. Une indication pour l'emplacement du trésor ?

— Ou... un avertissement, répliqua Victor en haussant un sourcil. Ça ne te semble pas sinistre ?

Célia haussa les épaules.

— Sinistre ou non, on doit continuer.

Ils suivirent les rails rouillés jusqu'à un tunnel secondaire, où une vieille porte en bois, partiellement effondrée, bloquait le passage. Célia s'agenouilla pour examiner les planches.

— On dirait qu'elle a été renforcée. Peut-être pour cacher quelque chose ?

Victor, accroupi à côté d'elle, éclaira la zone avec sa lampe.

— Ou pour empêcher quiconque d'entrer. Rappelle-toi, ces lettres parlaient de protéger « ce qui compte ». Peut-être que ce n'est pas ce qu'on croit.

En déplaçant une planche, ils révélèrent un petit espace rempli de débris. Parmi eux, un vieux coffre en fer, recouvert de poussière et de toiles d'araignées.

— C'est quoi, ça ? murmura Célia, excitée.

Victor tenta d'ouvrir le coffre, mais le verrou était solidement en place. Il grogna en se redressant.

— Nous allons avoir besoin d'outils. Mais une chose est sûre : ce coffre ne se trouve pas ici par hasard.

Célia éclata de rire nerveusement.

— On dirait qu'on est tombés sur quelque chose de gros.

Alors qu'ils quittaient la mine, une légère secousse fit vibrer le sol sous leurs pieds. Célia perdit l'équilibre, mais Victor l'attrapa juste à temps.

— Tu vas bien ? demanda-t-il, le regard inquiet.

— Oui, merci, répondit-elle en se redressant, le cœur battant la chamade. C'était quoi, ça ?

— Probablement un éboulement mineur. Une bonne raison de ne pas traîner ici trop longtemps, dit Victor en lui tendant la main.

Célia la prit sans hésiter, ressentant une chaleur inattendue dans ce geste simple. Alors qu'ils marchaient vers la sortie, elle ne pouvait s'empêcher de penser que, pour la première fois depuis longtemps, elle se sentait vraiment en sécurité — et pas uniquement à cause de la solidité de Victor.

— On revient demain, dit-elle en sortant dans la lumière froide du jour.

— Si tu insistes, répondit Victor avec un sourire. Mais n'oublie pas... c'est toi qui payes le vin chaud.

CHAPITRE 23

Le village tout entier semblait rassemblé dans la salle des fêtes, une bâtisse un peu vieillotte mais chaleureuse, avec ses poutres apparentes noircies par le temps et ses grandes fenêtres encadrées de guirlandes de Noël scintillantes. Située en bordure de la place principale, la salle surplombait légèrement les ruelles pavées qui descendaient doucement vers l'église, dont le clocher pointu était visible à travers la brume hivernale.

À l'extérieur, les lampadaires projetaient des halos dorés sur la neige fraîche, et les façades des maisons semblaient pencher vers la place, comme pour ne pas manquer l'événement.

À l'intérieur, l'odeur persistante de bois ciré se mêlait à celle du vin chaud qu'on distribuait au fond de la salle, où une vieille table bancale avait été transformée en comptoir improvisé.

Klein, impeccable dans son costume sombre, se tenait sur l'estrade au centre, droit comme un roi dans son château, affichant son habituel sourire confiant. Devant lui, une foule compacte s'était réunie, mêlant curiosité, scepticisme, et une pointe d'anxiété. Les murmures, presque étouffés par l'épaisseur de la neige sur les murs, reflétaient une tension qui semblait s'insinuer jusque dans les poutres au-dessus d'eux.

Célia s'était installée au fond, à côté de Sophie, qui mâchonnait un bout de pain d'épices avec une concentration presque comique.

— Alors, tu paries combien qu'il nous promet monts et merveilles ? murmura Sophie.

— Je dirais qu'il va sortir l'argument des emplois d'abord, puis parler de « revitalisation du village », répondit Célia en croisant les bras.

Victor, à leur droite, haussa un sourcil sans quitter Klein des yeux.

— Ce genre de gars sait toujours appuyer là où ça fait mal. Restez attentives, il va forcément glisser quelque chose d'important.

Le promoteur leva les bras pour demander le silence, et sa voix porta dans toute la salle.

— Mesdames et messieurs, je suis ravi de voir autant de monde aujourd'hui. Cela prouve que vous, vous souciez de l'avenir de ce village, tout comme moi.

— Il commence fort, souffla Sophie, un sourire narquois aux lèvres.

Klein poursuivit, détaillant son projet : rouvrir la mine pour exploiter un nouveau filon, créer des emplois, attirer de nouveaux habitants. Ses mots étaient bien choisis, son ton persuasif. Mais plus il parlait, plus Célia sentait une pointe d'agacement grandir en elle.

— Il omet commodément de mentionner les conséquences environnementales, murmura-t-elle à Victor.

— Ou ce qu'il compte vraiment trouver dans cette mine, ajouta Victor en prenant des notes discrètes.

— Et qu'est-ce que tu fais là, d'ailleurs ? demanda Sophie avec un sourire espiègle. Tu enquêtes pour l'article ou pour les beaux yeux de Célia ?

Victor tourna lentement la tête vers elle, un sourire sarcastique aux lèvres.

— Les deux, peut-être.

Célia, rougissant légèrement, concentra son attention sur Klein, qui continuait son discours.

Après une trentaine de minutes de promesses et de graphiques projetés sur un écran, Klein ouvrit la parole au public. Plusieurs habitants se levèrent pour poser des questions, exprimant leurs préoccupations sur l'impact de son projet.

Adrien, assis près du premier rang, se leva brusquement.

— Vous dites vouloir aider ce village, mais pourquoi acheter ces terrains en secret ? Vous avez dépensé des fortunes pour des parcelles que personne d'autre ne voulait.

La salle murmura, et Klein afficha un sourire crispé.

— Je comprends vos inquiétudes, Monsieur… Adrien, c'est ça ? Oui, je me soucie simplement de m'assurer que ces terres soient gérées de manière responsable. Nous devons penser à l'avenir.

Adrien croisa les bras, visiblement peu convaincu. Célia échangea un regard avec Victor. Quelque chose dans la réponse de Klein sonnait faux.

Alors que les habitants commençaient à quitter la salle, Klein s'approcha d'Adrien, un sourire poli figé sur le visage. Célia, Sophie et Victor, toujours au fond de la pièce, observèrent la scène avec attention.

— Il essaie de le calmer, murmura Sophie. Tu paries combien qu'ils ont déjà eu des affaires ensemble ?

— Plutôt un différend, répondit Victor. Regarde l'attitude d'Adrien. Il a l'air sur le point d'exploser.

En effet, le menuisier semblait fulminer tandis que le promoteur lui parlait à voix basse. Finalement, il tourna les talons et quitta la salle d'un pas lourd. Klein le regarda partir avant de récupérer son manteau et de sortir par une autre porte.

— On devrait suivre Adrien, suggéra Victor.

— Non, attendons un peu, dit Célia. Il est trop énervé. Mais Klein... il cache clairement quelque chose.

De retour chez elle, Célia tenta de remettre de l'ordre dans ses pensées. Le promoteur avait réussi à convaincre certains habitants, mais d'autres restaient méfiants, notamment Adrien.

Pourquoi ce dernier semblait-il si impliqué dans cette affaire ? Et qu'avait-il réellement à gagner ou à perdre avec cette mine ? Elle le pensait de mèche avec Klein mais son comportement ce soir remettait tout en question.

Alors qu'elle feuilletait ses notes, son téléphone vibra. Un message de Victor :

« Demain, il faut qu'on reparle de Klein. J'ai une piste. Bonne nuit. »

Célia sourit. Malgré ses sarcasmes, Victor était un allié précieux. Et peut-être, juste peut-être, un peu plus que cela.

CHAPITRE 24

Le soleil d'hiver brillait timidement sur le village, enveloppant les rues d'une lumière douce et dorée. La neige crissait sous les pas des passants, et l'odeur de pain chaud s'échappait de la boulangerie de Sophie, attirant une petite file de clients matinalement affamés. Célia, emmitouflée dans son manteau, poussa la porte de la boutique avec un sourire.

— Oh, à l'heure pour une fois ! la taquina Sophie en lui tendant un croissant.

— Et encore, je suis sortie du lit avec beaucoup de courage, répondit Célia. Entre toi et Victor, je suis cernée par des maniaques de la ponctualité.

Sophie éclata de rire tout en déposant une plaque de biscuits à refroidir.

— Tu es venue ici pour le croissant ou pour discuter de Klein encore une fois ?

Célia mordit dans sa viennoiserie, faisant mine de réfléchir.

— Un peu des deux. Et aussi pour te voir, bien sûr.

Sophie leva les yeux au ciel avec un sourire mais ne dit rien. L'énergie dans la boulangerie était contagieuse, les clients discutant joyeusement tout en savourant leurs commandes. À travers la grande vitre, la place centrale du village s'animait doucement : des enfants jouaient à lancer des boules de neige, tandis qu'un vendeur ambulant ajustait les guirlandes lumineuses de son stand. Célia inspira profondément, savourant ce moment d'harmonie simple.

Après avoir fini son croissant, elle s'installa à une table près de la vitrine pour relire ses notes sur l'affaire. Sophie, entre deux clients, lui jeta un regard amusé.

— Tu sais que tu es incapable de déconnecter, hein ?

Célia haussa les épaules sans relever les yeux.

— Si je ne le fais pas, qui le fera ? Et puis, c'est passionnant.

Sophie s'assit brièvement en face d'elle, une tasse de café dans les mains.

— Passionnant ? Se faire menacer, se demander qui a tué Lemoine et pourquoi un promoteur louche s'intéresse à notre mine ? Tu as une définition bizarre de l'amusement.

Célia esquissa un sourire, mais ses pensées étaient ailleurs. Elle n'avait pas eu beaucoup de temps pour elle ces derniers temps, entre la librairie, l'enquête, et les événements du village. En regardant la foule à l'extérieur, elle se surprit à penser à ses journées plus calmes, quand sa plus grande préoccupation était de décider quels livres recommander à ses clients.

Plus tard dans la matinée, après avoir passé un peu de temps à faire le ménage de sa modeste demeure, Célia se prépara un thé et s'assit dans son fauteuil près de la fenêtre. La vue de la neige tombant doucement dehors lui rappelait pourquoi elle avait quitté Paris pour revenir ici. Elle alluma une petite bougie parfumée à la cannelle, se réjouissant de ce moment d'accalmie. Mais bien sûr, cela ne pouvait durer.

Un message de Victor apparut sur son téléphone :

« Marché de Noël cet après-midi ? On pourra surveiller Klein et prendre un vin chaud. »

Célia rit doucement en secouant la tête.

— Toujours dans l'action, murmura-t-elle en tapant sa réponse :

« Marché et vin chaud approuvés. »

Avant de le rejoindre, elle décida de passer par la librairie. Elle avait fini la romance légère qu'elle avait commencée et avait envie de quelque chose de différent, un roman d'aventure qui correspondait mieux à sa nouvelle activité d'enquêtrice en herbe.

En parcourant les rayons, elle repéra un titre qui avait échappé à son attention jusqu'à présent : *« L'ombre du trésor »*.

Parfait, pensa-t-elle.

Alors qu'elle s'apprêtait à partir, une sensation de malaise l'envahit.

Devant la librairie, Adrien l'attendait. Les bras croisés et le visage sombre, il semblait prêt à exploser.

— C'est toi et ton petit journaliste qui fouinez partout, n'est-ce pas ? grogna-t-il, sa voix trahissant une colère contenue.

Célia fronça les sourcils, serrant le livre contre elle.

— Adrien, je ne vois pas de quoi tu parles.

Il fit un pas en avant, son regard menaçant.

— Arrête de jouer la maligne. Je sais que vous cherchez à tout déterrer. Mais je te préviens, il y a des choses qu'il vaut mieux laisser enfouies.

Célia sentit son cœur s'accélérer, mais elle répondit avec un calme feint.

— Si tu as quelque chose à dire, pourquoi ne pas le faire maintenant ?

Adrien serra les poings, mais avant qu'il ne puisse répliquer, une autre voix s'éleva derrière eux.

— Tout va bien ici ?

Victor venait d'arriver, sa silhouette imposante se tenant juste derrière Adrien. Ce dernier se tourna vers lui, visiblement déstabilisé.

— Réfléchis bien avant de continuer, Adrien, ajouta Victor, son ton calme mais menaçant.

Adrien fixa Célia une dernière fois avant de partir en marmonnant, les épaules tendues. Célia expira enfin, se rendant compte qu'elle avait retenu son souffle.

— Merci, murmura-t-elle.

Victor haussa les épaules.

— Tu te mets toujours dans des situations comme celle-ci, ou c'est juste pour m'impressionner ?

Malgré la tension, Célia éclata de rire, secouant la tête.

— C'est un talent naturel, apparemment.

CHAPITRE 25

Le feu dans la cheminée craquait doucement, projetant des ombres dans le salon de Célia. La pièce était un refuge confortable contre le froid hivernal, ornée de bougies parfumées et de coussins moelleux. Célia et Sophie étaient installées sur le canapé, un bol de popcorn entre elles et une tasse de chocolat chaud fumant chacune à la main. Leur soirée hebdomadaire de discussions et de détente était sacrée, même au milieu des mystères qui les entouraient.

— Alors, raconte-moi tout, dit Célia en s'enfonçant dans les coussins. On dirait que tu mijotes quelque chose.

Sophie eut un sourire espiègle, soufflant sur sa boisson avant de répondre.

— Eh bien, j'ai discuté avec Julien, le banquier. Tu sais qu'il adore bavarder, surtout après un café bien fort. Et figure-toi qu'il m'a confié qu'Adrien avait récemment reçu un virement assez important.

Célia se redressa, intriguée.

— Un virement ? De qui ?

— Mystère ! Julien était évasif. Mais il a laissé entendre que ce n'était pas une transaction habituelle. Et connaissant Adrien, je doute que ce soit pour une prime de Noël.

Célia fronça les sourcils, jouant distraitement avec une mèche de cheveux.

— Tu crois que ça a un lien avec Klein ?

Sophie haussa les épaules.

— Peut-être. Mais ce n'est pas tout. Julien m'a aussi dit qu'il avait entendu Adrien se disputer violemment avec quelqu'un dans la ruelle derrière la banque, le lendemain matin du meurtre. C'est bizarre, non ?

Célia ouvrit de grands yeux.

— Et il te raconte tout ça, comme ça ?

Sophie éclata de rire.

— Qu'est-ce que tu veux ? Julien a un faible pour moi. Il dit que je suis « captivante ». C'est son mot préféré.

Célia leva les yeux au ciel, mais un sourire amusé effleura ses lèvres.

— Captivante ou pas, ce qu'il raconte est inquiétant. Si Adrien s'est disputé avec quelqu'un juste après le meurtre, ça pourrait changer pas mal de choses.

Elles restèrent silencieuses un instant, réfléchissant. Puis Sophie brisa la tension en tendant le bol de popcorn à Célia.

— Allez, arrête de trop cogiter pour ce soir. Mange. On enquêtera demain.

Célia sourit, touchée par la légèreté de son amie, et plongea sa main dans le bol.

Le lendemain matin, le marché de Noël était en pleine effervescence. Les guirlandes lumineuses et les odeurs de vin chaud donnaient à la place une atmosphère féerique, malgré le froid mordant. Célia flânait entre les stands, saluant les commerçants et profitant de l'ambiance.

Alors qu'elle s'arrêtait pour admirer des bougies artisanales, une voix familière l'interpella.

— Célia !

Elle se retourna pour voir Madame Rousseau, enveloppée dans un manteau épais et une écharpe tricotée main. La vieille dame, toujours aussi passionnée par les histoires locales, avait ce regard brillant qui signifiait qu'elle était sur le point de partager quelque chose d'important.

— Madame Rousseau, quel plaisir de vous voir ! Comment allez-vous ?

— Oh, ma chère, je vais très bien. Mais je dois absolument vous parler de la mine. J'ai repensé à cette vieille légende que mon grand-père racontait.

Intriguée, Célia accepta volontiers de s'éloigner des stands pour discuter. Elles s'installèrent sur un banc à l'écart, entourées de sapins enneigés.

— La légende parle d'un trésor, bien sûr, mais pas comme vous pourriez l'imaginer, commença Madame Rousseau d'un ton solennel. Ce n'était pas de l'or ou des bijoux. C'était une promesse.

Célia haussa un sourcil, intriguée.

— Une promesse ?

— Oui, expliqua la vieille dame. Les mineurs, voyant que la mine allait tomber entre les mains d'investisseurs extérieurs, ont juré de protéger le village à tout prix. Ils ont caché leurs richesses, oui, mais aussi des documents. Des preuves de leur solidarité et de leurs droits. Ça devait servir à garantir que personne ne pourrait jamais déposséder les habitants.

Célia sentit un frisson, mais pas à cause du froid. Cette version de la légende donnait un sens tout à fait différent aux événements récents.

— Vous pensez que c'est ce que Klein cherche ? Ces documents ?

Madame Rousseau hocha la tête.

— C'est possible. Mais faites attention, ma chère. Toute cette histoire a apporté beaucoup de malheur dans le passé. Ce trésor, ou cette promesse, est entouré de mystères... et de dangers.

Célia la remercia chaleureusement avant de reprendre sa marche, le cerveau en ébullition. Entre le paiement suspect d'Adrien et cette nouvelle interprétation de la légende, une chose était certaine : la vérité était bien plus complexe qu'elle ne l'avait imaginé.

CHAPITRE 26

Victor s'étira lentement, passant une main dans ses cheveux en bataille. Son appartement, situé juste au-dessus du café du village, était encombré de livres, de carnets et de vieilles tasses de café abandonnées sur chaque surface disponible. Une pile de journaux locaux traînait près de la fenêtre, et son ordinateur portable clignotait sur la table basse, entouré de notes griffonnées à la hâte.

Il regarda l'heure sur son téléphone. Dix heures. Pas trop tard, mais suffisamment pour qu'il ait déjà l'impression d'être en retard sur sa journée. Entre ses recherches pour son article et l'affaire Lemoine, ses nuits étaient courtes et ses pensées encombrées.

Sur le coin de son bureau, une photo attirait toujours son attention. Elle montrait Victor, plus jeune, aux côtés d'un groupe d'amis de son époque à Lyon. Une vie révolue, remplie d'ambition et d'excès, bien loin de la tranquillité relative du village. Mais cette tranquillité, pensa-t-il, n'était qu'une illusion.

Son téléphone vibra sur la table, le tirant de ses réflexions. Un message de Célia.

« Toujours partant pour ta confrontation avec Klein ? Essaie de ne pas trop l'énerver, hein. »

Victor sourit légèrement, tapotant une réponse rapide :

« Pas de promesses. »

Il attrapa son manteau d'un geste rapide et poussa la porte, laissant le froid vif le happer. Dans la rue givrée, le village semblait s'étirer comme après un long sommeil. Les commerçants frottaient la glace de leurs vitrines, et un parfum de pain chaud, chargé d'un réconfort presque cruel, s'échappait de la boulangerie de Sophie.

Mais aujourd'hui, ce tableau familier n'avait rien pour le retenir. Il serra les poings dans ses poches, ses pas résonnant sur les pavés. L'heure des petits plaisirs attendrait. Ce matin, il marchait vers une tempête bien différente : une confrontation l'attendait.

Il marcha d'un pas rapide vers le bureau temporaire que Klein avait installé dans une maison en pierre rénovée. C'était un lieu trop sophistiqué pour ce village, mais bien dans le style de l'homme d'affaires. Célia, qui l'avait accompagnée jusqu'à mi-chemin, avait préféré ne pas entrer.

— Bonne chance, murmura-t-elle, son souffle formant un nuage dans l'air froid. Et essaie de ne pas lui sauter à la gorge.

Victor lui avait répondu par un sourire sarcastique avant de frapper à la porte. Klein, toujours impeccablement habillé, ouvrit et l'invita à entrer avec un sourire feint.

— Monsieur, que me vaut cet honneur ? demanda le promoteur en s'installant dans un fauteuil en cuir devant un bureau moderne. Un café peut-être ?

— Non merci, répondit Victor, en prenant place face à lui. Je vais aller droit au but.

Klein haussa un sourcil, amusé.

— Vous m'intriguez. Je vous écoute.

Victor posa son carnet sur le bureau et le fixa avec intensité.

— Pourquoi avoir acheté autant de terrains autour de la mine ces six derniers mois ? Vous ne pouvez pas me faire croire que c'est par simple intérêt immobilier.

Klein ne répondit pas tout de suite. Il croisa les jambes, un sourire calculé sur le visage.

— Eh bien, Monsieur, je suis un homme d'affaires. Les opportunités, je les saisis quand elles se présentent. Ces terrains étaient disponibles, à un prix raisonnable. Pourquoi refuser ?

— Parce que ces terrains n'ont rien d'ordinaire, répliqua Victor, les yeux plissés. Je sais que vous êtes au courant pour la mine et ce qu'elle pourrait encore contenir.

Un éclair de surprise traversa le visage de Klein, mais il le dissimula rapidement.

— Vous êtes mieux informé que je ne le pensais. Je suppose que c'est l'avantage d'être journaliste, n'est-ce pas ?

Victor ne répondit pas, laissant le silence peser. Finalement, le promoteur soupira et se pencha en avant.

— Vous êtes perspicace, je vous l'accorde. Oui, la mine a un potentiel que peu de gens comprennent. Mais ce n'est pas une raison pour m'accuser de quoi que ce soit.

— Je ne vous accuse de rien, encore, dit Victor avec calme. Mais expliquez-moi ceci : quel est votre lien avec cet homme en manteau sombre qu'on a vu discuter avec Adrien ?

Cette fois, Klein eut du mal à masquer sa réaction. Il se redressa et sourit, mais le sourire n'atteignit pas ses yeux.

— Vous avez l'air de bien écouter les rumeurs. Mais cet homme, disons simplement qu'il est un intermédiaire pour des partenaires avec lesquels je travaille. Rien de plus.

Le journaliste s'adossa, sceptique.

— Rien de plus ? Intéressant. Et cet « intermédiaire » aurait-il aussi quelque chose à voir avec la mort de Monsieur Lemoine ?

L'homme d'affaires réagit cette fois avec un rictus amusé.

— Vous êtes vraiment tenace. Mais je ne suis pas ici pour parler de morts tragiques. Cela dit...

Il marqua une pause, jouant avec un stylo sur son bureau.

— Peut-être que je sais des choses. Peut-être que je ne veux pas les dire. Qui sait ?

Victor se pencha en avant, la tension palpable.

— Pourquoi ne pas parler ? Si vous savez quelque chose, cela pourrait éclaircir bien des choses. Mais votre silence ne fait que vous rendre suspect.

Klein haussa les épaules.

— Vous voulez un conseil ? Parfois, il vaut mieux ne pas fouiller trop profond. Vous pourriez découvrir des choses que vous n'avez pas envie de savoir.

Victor serra les dents, mais il comprit qu'il n'obtiendrait rien de plus aujourd'hui. Il se leva et rangea son carnet.

— Merci pour votre temps, dit-il froidement.

— Toujours un plaisir de discuter, répondit Klein avec un sourire hypocrite. Et, Victor… soyez prudent.

En sortant, il retrouva Célia qui l'attendait près de la fontaine gelée. Elle remarqua immédiatement sa mine sombre.

— Alors ? demanda-t-elle.

Victor inspira profondément avant de répondre.

— Klein sait quelque chose sur la mort de Lemoine. Mais il refuse de parler.

Célia plissa les yeux, inquiète.

— Et l'étranger ?

— Il dit qu'il est juste un intermédiaire, mais je n'y crois pas. Il y a quelque chose de beaucoup plus grand en jeu ici.

Ils marchèrent ensemble vers le marché de Noël, le bruit des stands et des rires apportant une légère distraction. Mais dans l'esprit de Victor, les mots de Klein résonnaient encore : «

Parfois, il vaut mieux ne pas fouiller trop profond. »

CHAPITRE 27

Célia se tenait à son bureau dans la librairie, entourée de documents poussiéreux et de livres ouverts. La lumière de la lampe éclairait les pages jaunies des lettres trouvées dans le premier coffre ramené de la mine. Chaque mot, chaque phrase semblait cacher un indice, mais elle n'arrivait pas à assembler les pièces du puzzle.

Victor était installé dans le coin lecture, un carnet ouvert sur ses genoux. Il griffonnait des notes tout en jetant des coups d'œil aux registres.

— Tu penses que tout ça tient la route ? demanda-t-elle en levant les yeux vers lui.

Il fronça les sourcils, tapotant son crayon sur le bord de son carnet.

— Honnêtement ? Oui. Mais il nous manque une pièce essentielle. Ces lettres parlent d'un trésor spirituel et matériel, nous avons bien trouvé le coffre comme indiqué mais aucun indice sur la clé et sans elle, impossible de l'ouvrir.

Célia soupira et passa une main dans ses cheveux.

— Je ne sais pas combien de temps on peut tenir comme ça. Klein s'approche de plus en plus de son objectif, et nous... on piétine.

La cloche de la porte retentit soudain, faisant sursauter la libraire. Sophie entra en trombe, suivie de Julien, qui avait l'air à la fois nerveux et pressé. Le contraste entre l'énergie débordante de Sophie et la réserve naturelle de Julien était frappant.

— Vous allez vouloir entendre ça, dit Sophie en posant son sac sur le comptoir.

Julien s'avança timidement, ajustant ses lunettes.

— J'étais au café hier soir, et... j'ai entendu quelque chose. Élodie aurait vendu des documents à Klein.

Célia et Victor échangèrent un regard stupéfait.

— Quoi ? s'écria Célia. Des documents ? Quels documents ?

Julien haussa les épaules.

— Je ne sais pas exactement, mais quelqu'un au café disait qu'elle était nerveuse et qu'elle avait eu une discussion tendue avec Klein près de la banque.

— Et tu n'as pas pensé à poser plus de questions ? demanda Victor, son ton mélangeant incrédulité et amusement.

Julien rougit.

— Ce n'est pas vraiment mon genre d'intervenir, vous savez...

Sophie roula des yeux et posa une main sur l'épaule de Julien.

— Il a fait de son mieux, Victor. Et c'est déjà une info cruciale. Maintenant, on doit comprendre ce qu'Élodie a fait et pourquoi.

Célia croisa les bras, le regard perdu dans ses pensées.

— Si elle a vendu des documents, c'est qu'elle avait une raison. Peut-être que Klein la fait chanter ou qu'il lui a promis une grosse somme d'argent…

— Ou qu'elle pensait que c'était la seule manière de se débarrasser de lui, ajouta Victor. Mais ça ne colle pas. Pourquoi ces documents seraient-ils si importants pour Klein ? Est-ce que ces documents indiquent la clé du coffre et que Klein a fait les mêmes découvertes que nous ?

Sophie, qui s'était installée sur un tabouret, intervint avec son habituel franc-parler.

— On est tous d'accord que Klein cherche quelque chose de précis. La mine, le trésor, peu importe. Mais si Élodie a vraiment fait ça, elle doit avoir une bonne raison. Vous avez pensé à lui demander directement ?

Victor hocha lentement la tête.

— C'est ce qu'on va devoir faire. Mais d'abord, récapitulons ce qu'on sait.

Célia acquiesça et sortit un carnet pour noter les éléments.

1. ***La mort de Monsieur Lemoine :*** *Accident ou meurtre ? Adrien semble être le coupable idéal, il est clair qu'il s'est disputé avec*

Lemoine peu avant sa mort, sans compter leur rivalité de toujours.

*2.   **L'horloge volée** : Elle contenait probablement des documents importants, mais Klein semble l'avoir maintenant.*

*3.   **Le coffre de la mine** : Scellé et inaccessible sans une clé que nous n'avons pas encore trouvée.*

*4.   **Les lettres des mineurs** : Elles parlent d'un trésor spirituel et d'une charte communautaire.*

*5.   **Klein** : Il manipule Élodie et accélère ses travaux pour remettre la mine en route.*

— Alors, qu'est-ce qu'on fait maintenant ? demanda Sophie en sirotant un thé que Célia lui avait servi.

Victor se leva, les mains dans les poches.

— On parle à Élodie. Mais pas comme des accusateurs. Si elle est manipulée par Klein, on doit lui donner une raison de se rallier à nous.

Célia se leva à son tour, résolue.

— Alors allons-y. On ne peut plus perdre de temps.

Quelques heures plus tard, Célia trouva Élodie près de la mairie. La jeune femme semblait nerveuse, observant les alentours avec insistance.

— Élodie, appela doucement Célia.

Cette dernière sursauta avant de forcer un sourire.

— Célia. Que puis-je faire pour toi ?

— On peut parler ? C'est… important.

Élodie hésita, jetant à nouveau un coup d'œil aux alentours avant d'hocher la tête.

— D'accord, mais pas ici. Suis-moi.

Elles s'éloignèrent vers une ruelle plus calme. Victor, resté à distance, observait discrètement pour s'assurer que tout allait bien.

— Que sais-tu sur Klein ? demanda Célia, allant droit au but.

Élodie baissa les yeux, mal à l'aise.

— Trop. Mais pas assez pour m'en sortir. Je pense que vous l'avez deviné, il me fait chanter. Si je ne lui donnais pas les documents de mon père, il… il menaçait de ruiner ma vie.

— Quels documents ? Et pourquoi sont-ils si importants ?

Élodie haussa les épaules, presque en larmes.

— Des lettres, des plans. Je ne sais pas exactement. Mon père disait qu'ils étaient essentiels pour le village, mais Klein les veut pour une raison que j'ignore.

Célia posa une main réconfortante sur son épaule.

— Si tu nous aides, on peut le stopper. Mais on a besoin de tout savoir.

Elle acquiesça lentement.

— D'accord. Mais dépêchez-vous. Klein ne recule devant rien.

En retournant vers la librairie, Célia se tourna vers Victor avec une expression déterminée.

— Elle va nous aider. Mais il faut agir vite. On doit récupérer cette horloge. Élodie m'a avoué que son père lui répéter souvent la même chose sans qu'elle en comprenne le sens : « Si le mécanisme de cette vieille horloge est si bruyant, c'est parce qu'il renferme la clé de tous nos maux. »

CHAPITRE 28

Le lendemain matin, la tranquillité du petit village fut brusquement perturbée. Célia, encore en robe de chambre, un grand plaid posé sur les épaules, s'était levée avec l'espoir de profiter de son café chaud devant la fenêtre. Mais ce qu'elle aperçut la fit bondir : un convoi de machines imposantes serpentait dans les rues enneigées du village. Des pelleteuses, des grues, et des camions qui transportaient du matériel de chantier avançaient lentement, comme des monstres d'acier venus perturber leur petit havre de paix.

— Qu'est-ce que... mais qu'est-ce que c'est que ça ? marmonna-t-elle, incrédule.

Elle attrapa son téléphone et envoya un message à Victor :

« Rendez-vous immédiatement à la librairie. Il se passe un truc bizarre. »

Quelques minutes plus tard, ils s'y rejoignirent, Victor était à peine couvert et le nez rougeâtre à cause du froid.

— Tu as vu ça ? demanda-t-elle en pointant les machines qui s'étaient arrêtées près de la mairie.

Le journaliste observa la scène avec une moue réfléchie.

— Eh bien, il semble que Klein ait décidé d'accélérer les choses. Ces machines ne sont pas venues pour déblayer de la neige.

— Tu crois qu'il compte commencer les travaux ? Mais... il ne peut pas faire ça sans l'accord du maire, si ?

— Klein a dû trouver un moyen de contourner les règles, comme toujours, répondit Victor avec une pointe d'amertume.

Ils furent interrompus par l'arrivée de Julien, essoufflé et tenant une liasse de documents sous le bras.

— Je... j'ai quelque chose à vous montrer, dit-il en entrant dans la librairie.

Ils s'installèrent autour de la table principale, où Sophie les avait également rejoints.

— Oh, toi aussi, tu as vu les monstres mécaniques ? demanda Sophie avec une pointe d'ironie. C'est Klein qui prépare une invasion ou quoi ?

Le banquier posa les documents sur la table et répondit, sérieux :

— Pas tout à fait, mais c'est presque ça. Regardez ces plans. Ce sont des documents que j'ai trouvés à la banque. Klein prévoit de raser une partie du village, y compris les chalets du marché de Noël, pour installer des bureaux et des logements temporaires pour ses ouvriers.

Célia ouvrit grand les yeux et feuilleta rapidement les pages. Chaque schéma, chaque annotation était un coup de poignard pour elle. Les terrains prévus pour la destruction incluaient certains des chalets les plus anciens, des espaces verts prisés par les enfants, et même une petite parcelle proche de la librairie.

— Il ne peut pas faire ça, murmura-t-elle, la voix tremblante. Le marché de Noël… les chalets… tout ce qui fait le charme de ce village…

Victor se pencha sur les documents, le regard sombre.

— Il n'agit pas sans préparation. Si ces plans existent, c'est qu'il a déjà obtenu certaines autorisations.

Sophie, qui avait jusqu'alors écouté en silence, frappa la table du plat de la main, faisant sursauter tout le monde.

— Alors on ne peut pas rester là à ne rien faire ! C'est notre village ! On doit faire quelque chose, et vite.

Julien acquiesça timidement.

— Peut-être que le maire peut nous aider… s'il sait ce qui se passe vraiment.

Ils se rendirent ensemble à la mairie, où Monsieur Dupuis semblait plongé dans une montagne de dossiers. Ses lunettes étaient de travers, et ses gestes trahissaient une certaine agitation.

— Ah… vous voilà, dit-il en les voyant entrer. Je suppose que vous êtes là pour parler de Klein ?

— Vous supposez bien, répliqua Sophie, les bras croisés et le regard dur. Vous savez qu'il prévoit de détruire une partie du village ?

Dupuis soupira et s'affala dans son fauteuil.

— Croyez-moi, je suis aussi furieux que vous. Mais mes mains sont liées. Klein a trouvé des failles dans nos règlements. Et maintenant que les travaux ont commencé, ça va être encore plus compliqué.

Célia posa les plans sur le bureau du maire, les doigts tremblants.

— Vous ne pouvez pas laisser faire ça. Il va détruire tout ce qui fait l'âme de ce village.

Dupuis passa une main sur son front, visiblement accablé.

— Vous croyez que je ne le sais pas ? Mais sans preuves d'illégalité, je ne peux rien faire. Je suis... coincé.

Victor, qui était resté silencieux jusqu'à présent, se pencha en avant.

— Et si on trouvait ces preuves ?

Dupuis leva les yeux, un éclair d'espoir brillant dans son regard fatigué.

— Si vous trouvez quelque chose, je vous promets que j'agirai. Mais jusqu'à ce moment... je ne peux que regarder impuissant.

De retour à la librairie, ils trouvèrent Mme Rousseau installée confortablement dans le coin lecture. Elle tenait une vieille enveloppe qu'elle tendit à Célia avec un sourire malicieux.

— J'ai pensé que ça pourrait vous être utile, dit-elle en tapotant le papier. Une lettre que j'ai retrouvée dans un de mes vieux livres.

Célia ouvrit l'enveloppe et découvrit un courrier manuscrit, signé par un groupe de mineurs. Elle détaillait un pacte pour protéger les terrains et mentionnait un « point de rassemblement ».

Victor regarda par-dessus son épaule, les yeux écarquillés.

— C'est exactement ce qu'il nous fallait ! Ce point de rassemblement… c'est notre prochaine piste.

Mme Rousseau sourit, satisfaite.

— Je savais que cette lettre avait de l'importance. Maintenant, faites-en bon usage.

Célia serra la lettre contre elle, le regard déterminé.

— On ne peut pas laisser Klein gagner. On va trouver ce point de rassemblement, et on va sauver ce village.

Victor posa une main sur son épaule, un sourire encourageant aux lèvres.

— Alors, allons-y. On a une mission à accomplir.

CHAPITRE 29

La librairie de Célia n'avait jamais connu une telle effervescence. Chaque coin de la salle était occupé : des chaises avaient été disposées en cercle autour de la table centrale, des bancs empruntés à la boulangerie de Sophie formaient une rangée le long des murs, et même l'échelle qui menait aux étagères supérieures servait de perchoir pour quelques adolescents curieux. La température hivernale avait laissé place à une chaleur bienveillante grâce au poêle qui ronronnait dans un coin.

Célia, debout devant la table, jetait des coups d'œil nerveux à Victor, qui l'observait avec un sourire réconfortant. Elle avait passé une partie de la nuit à préparer cette réunion, à regrouper tous les documents, les lettres, et les plans qui prouvaient les intentions de Klein. Mais maintenant que les villageois étaient là, elle se demandait si elle serait à la hauteur.

— Respire, murmura Victor, en posant une main rassurante sur son bras.

Sophie entra en trombe, portant un plateau de biscuits qu'elle posa sur une petite table dans un coin.

— C'est bon, tout le monde est arrivé, annonça-t-elle avec enthousiasme. Allez, Célia, c'est à toi de jouer !

La libraire inspira profondément, réajusta ses lunettes et s'adressa à l'assemblée.

— Merci à tous d'être venus. Je sais que vous avez beaucoup de questions sur ce qui se passe avec Klein et ses travaux, alors nous allons essayer de tout expliquer.

Elle attrapa une carte du village qu'elle avait accrochée au mur et pointa les zones marquées en rouge.

— Voici les terrains que Klein prévoit de détruire pour ses chantiers. Cela inclut une partie des chalets du marché de Noël, des maisons historiques, et des terrains proches de la mine. Ces travaux ne sont pas seulement une menace pour notre patrimoine, mais aussi pour notre mode de vie.

Un murmure inquiet parcourut la salle. Madame Rousseau, assise au premier rang, leva la main.

— Et pourquoi le maire ne fait-il rien ?

Célia jeta un regard à Victor, qui prit le relais.

— Le maire est coincé. Klein a utilisé des failles juridiques pour contourner les règlements locaux. Mais si nous réunissons assez de preuves et de soutien, nous pouvons faire pression pour arrêter ses travaux.

Adrien, assis à l'arrière, se racla la gorge. Tous les regards se tournèrent vers lui. Il était habituellement discret, mais cette fois, il semblait déterminé à parler.

— Avant d'aller plus loin, je veux clarifier quelque chose, dit-il. Beaucoup pensent que j'ai eu un rôle dans la mort de Lemoine. C'est vrai que je me suis disputé avec lui, mais je ne l'ai pas tué. Je voulais seulement qu'il me parle de l'horloge.

Un silence pesant s'installa. Puis Célia prit la parole.

— Pourquoi l'horloge ?

Adrien haussa les épaules, mal à l'aise.

— Parce que Klein m'avait convaincu qu'elle contenait quelque chose d'important. Lemoine savait que Klein était dangereux, mais il était trop têtu pour admettre qu'il avait besoin d'aide.

— Klein manipulait Lemoine depuis des années, ajouta Victor. Il voulait mettre la main sur tous les documents et indices liés à la mine.

Madame Rousseau hocha la tête, l'air pensif.

— Cela explique pourquoi il était si reclus ces dernières années. Il essayait probablement de protéger quelque chose.

Sophie, qui était restée silencieuse jusque-là, se leva et se tourna vers l'assemblée.

— Alors, qu'est-ce qu'on attend ? Ce village a été construit sur la solidarité. Si les mineurs ont pu s'unir pour protéger leur patrimoine, pourquoi pas nous ?

Son discours provoqua des applaudissements enthousiastes. Madame Rousseau se leva à son tour.

— Sophie a raison. Nous devons nous battre pour ce village.

Célia sentit une vague d'émotion monter en elle. Elle échangea un regard avec Victor, qui lui fit un sourire complice.

— Nous avons un plan, annonça Victor. Mais nous aurons besoin de tout le monde pour le mettre en œuvre. Voici ce que nous allons faire.

Pendant plus d'une heure, ils discutèrent des prochaines étapes. Madame Rousseau proposait de partager les lettres des mineurs avec le reste du village pour renforcer le sentiment d'unité. Adrien se chargerait de surveiller les mouvements de Klein autour de la mine. Sophie et Julien organiseraient une collecte pour financer d'éventuelles actions légales.

— Et nous ? demanda Célia.

Victor esquissa un sourire.

— Nous devons trouver ce fameux « point de rassemblement » mentionné dans les lettres. C'est là que nous trouverons les preuves dont nous avons besoin.

La réunion se termina sur une note d'espoir. Les villageois sortirent peu à peu, discutant avec animation de leurs rôles respectifs. Sophie rangea les chaises avec l'aide de Julien, tandis que Célia et Victor restaient près de la table, feuilletant encore les documents.

— Tu crois qu'on y arrivera ? demanda Célia, un brin d'inquiétude dans la voix.

Victor posa une main sur la sienne.

— Avec toi, j'en suis certain.

Elle sentit ses joues s'empourprer, mais avant qu'elle ne puisse répondre, Sophie s'approcha avec un grand sourire.

— Bon, les tourtereaux, on a du pain sur la planche. Pas le temps de flirter.

— Sophie… soupira Célia en levant les yeux au ciel.

— Quoi ? J'ai dit la vérité, rétorqua Sophie en riant.

Victor, amusé, attrapa son carnet.

— Allez, au travail. On a un trésor à découvrir.

CHAPITRE 30

Le froid mordant s'était intensifié, et le village tout entier semblait figé sous une couche de neige immaculée. Célia ajusta son écharpe autour de son cou en jetant un regard réticent vers Victor. Ce dernier, un sac à dos rempli de lampes de poche et de cordes sur l'épaule, arborait un sourire confiant qui l'agaçait presque.

— Tu es sûr qu'on doit y aller maintenant ? demanda-t-elle, en tentant de masquer son appréhension. Ce n'est pas que j'ai peur... mais, tu sais, c'est glissant, et je ne veux pas finir comme une étoile de mer dans la neige.

Victor éclata de rire en continuant à avancer sur le sentier enneigé.

— T'en fais pas, détective en herbe. Si tu tombes, je te relèverai.

— Oui, mais qui te relèvera toi ?

À ce moment, Sophie, qui les suivait de près, intervint, sa voix joyeuse résonnant dans l'air glacé.

— Bon, tous les deux, arrêtez de vous chamailler comme un vieux couple. On a une mine à explorer, et moi, je veux voir si ce fameux « point de rassemblement » existe vraiment. Peut-être qu'on y trouvera un trésor... ou au moins une excuse pour boire un vin chaud après.

Célia roula des yeux mais ne put s'empêcher de sourire.

La mine abandonnée s'élevait devant eux, une structure imposante et sinistre au milieu de la forêt enneigée. Les vieux pylônes et poutres en bois craquaient sous le poids des années, et une atmosphère à la fois fascinante et effrayante enveloppait comme toujours les lieux.

— Eh bien, on dirait l'entrée d'un film d'horreur, murmura Sophie, serrant un peu plus son sac contre elle.

— Parfait pour une enquête, répliqua Victor. Allez, on allume les lampes et on y va.

Ils entrèrent dans la mine, leurs pas résonnant sur le sol de pierre et de terre gelée. Les faisceaux de leurs lampes dansaient sur les murs, révélant des inscriptions anciennes gravées par les mineurs.

Sophie, qui tenait une lampe de poche en équilibre précaire sur son épaule, s'arrêta brusquement.

— Regardez ça ! C'est un dessin... ou peut-être une carte ?

Victor s'approcha pour examiner les gravures. Effectivement, une série de lignes et de symboles semblaient indiquer un chemin ou un emplacement.

— Ce sont les indications que nous avons vu la dernière fois, dit-il en traçant les contours du dessin avec ses doigts. Juste ici, le coffre scellé que nous ne pouvons pas bouger et là on dirait une sorte de croix gravé, peut être le fameux « point de rassemblement. »

Célia, intriguée, scruta les gravures.

— Ou alors, c'est juste une vieille blague de mineur pour perdre les touristes curieux.

Sophie rit.

— Dans tous les cas, je préfère qu'on trouve un trésor plutôt qu'une blague... sauf si la blague peut payer mes factures et sauver le village en passant !

Après plusieurs minutes de marche prudente, ils atteignirent une grande cavité, où les murs étaient ornés de croix et d'initiales gravées par les mineurs. Au centre de la pièce, à demi enseveli sous des débris, se trouvait une plaque gravée elle aussi.

— Ici ! s'exclama Célia, le souffle court.

Victor s'agenouilla pour examiner les inscriptions.

— On dirait un dessin d'une machine, sûrement lié au travail des mineurs, dit-il, frustré.

Célia secoua la tête.

— Non, regarde bien, il s'agit d'une représentation d'un mécanisme.

— Un mécanisme d'horloge, s'écria Sophie qui ne pouvait plus contenir son excitation.

— Et juste là : la clé ! s'enthousiasma Victor en frappant dans ses mains.

Ils s'échangèrent des regards pleins d'espoir.

Alors qu'ils préparaient leur départ, un bruit de pas lourd résonna derrière eux. Les trois amis se figèrent, leurs lampes pointées vers l'entrée de la cavité.

— Qui va là ? cria Victor, son ton plus sérieux que jamais.

Une silhouette apparut. C'était Adrien, l'air à la fois embarrassé et furieux.

— Qu'est-ce que vous faites ici ? demanda-t-il, les bras croisés.

Célia le dévisagea, surprise.

— La question, c'est plutôt qu'est-ce que TOI tu fais ici ? Tu devais surveiller le chantier de Klein.

Adrien haussa les épaules, visiblement mal à l'aise.

— J'ai suivi Klein. Il est obsédé par ce coffre. Mais je veux que vous sachiez que je ne suis pas avec lui. J'essaye seulement de protéger le peu qu'il reste de ce village.

Sophie leva un sourcil sceptique.

— Et on est censés te croire sur parole ?

Adrien soupira, las.

— Croyez ce que vous voulez. Mais si vous voulez vraiment l'arrêter, il faudra être plus rapides que lui. Je sais où il cache l'horloge de Lemoine, elle est dans un chalet qu'il loue sur les hauteurs, voici l'adresse.

Sur le chemin du retour, l'équipe était plongée dans une réflexion silencieuse. La neige tombait doucement, créant une atmosphère presque paisible malgré l'urgence de leur mission.

Célia brisa finalement le silence.

— Alors, qu'est-ce qu'on fait ?

Victor répondit sans hésiter.

— On doit trouver cette clé. Si Klein a une longueur d'avance, nous devons rattraper notre retard.

Sophie, fatiguée mais toujours optimiste, ajouta avec un sourire.

— On se planifie une petite expédition dans ce chalet alors ?

CHAPITRE 31

L'appartement de Victor ne ressemblait en rien à l'image que Célia s'en était faite. Ce n'est pas qu'elle avait un mauvais a priori mais un journaliste grincheux et célibataire comme Victor ne lui inspirait pas ce qu'elle avait devant les yeux. Les volets du rez-de-chaussée, où il logeait, avaient été soigneusement repeints dans un joli vert olive, quelques plantes en pots étaient posées sur le perron et une couronne de houx avec des petits nœuds en tartan était suspendue à la porte d'entrée.

— Adorable, s'exclama Célia.

Alors qu'elle s'approchait, la porte s'ouvrit presque immédiatement, comme s'il l'attendait juste derrière. Victor se tenait là, un sourire furtif au coin des lèvres.

— Entre, dit-il, d'un ton plus doux que d'habitude. Et laisse-moi deviner : tu es en retard parce que tu étais encore plongée dans un bouquin.

— Possible, répliqua-t-elle en haussant les épaules, un sourire naissant. Mais qui peut m'en vouloir ?

Victor fit un geste pour l'inviter à entrer. Elle déposa son sac près de l'entrée et fut immédiatement enveloppée par une odeur de curry doux et d'épices. La table était soigneusement dressée : une nappe propre, une chandelle allumée, et une bouteille de vin déjà ouverte.

— Tu fais ça pour toutes les planifications d'infiltration ou je devrais me sentir spéciale ? plaisanta-t-elle, un sourcil levé.

Le journaliste passa une main dans ses cheveux avec un air embarrassé.

— Disons que je me suis dit qu'on pourrait commencer par manger avant de plonger dans les détails. Et si tu veux, on peut toujours faire semblant que ce n'est pas du tout suspect.

Célia sourit malgré elle et prit place à table. Elle ne savait pas si c'était la chandelle, le parfum réconfortant du repas, ou le simple fait de partager un moment hors de la course effrénée pour déjouer Klein, mais elle se sentait étrangement bien.

— Bon, qu'est-ce qu'on mange ? demanda-t-elle, décidant de jouer le jeu.

Victor servit deux assiettes tout en expliquant les plats avec un enthousiasme surprenant.

— C'est du poulet au curry. Rien de sophistiqué, mais je pense que tu apprécieras.

Ils commencèrent à manger, échangeant d'abord des banalités sur la journée, avant que Victor ne pose une question plus personnelle.

— Pourquoi as-tu choisi d'ouvrir une librairie ici ? Tu aurais pu aller n'importe où.

Célia posa sa fourchette et hésita une seconde avant de répondre.

— Paris devenait trop… pesant. Et après ma rupture avec Marc, je voulais un nouveau départ. La librairie, c'était un rêve que je n'avais jamais osé réaliser. Alors, je me suis dit… pourquoi pas ici, retourner sur mes terres natales ?

Victor hocha la tête, visiblement attentif.

— Tu es courageuse. Beaucoup auraient abandonné après une situation comme ça.

Célia haussa les épaules, un sourire triste aux lèvres.

— Peut-être. Mais je ne voulais pas que mon échec avec Marc définisse le reste de ma vie.

Le silence qui suivit n'était pas inconfortable, mais chargé d'émotion. Victor, jouant distraitement avec le bord de son verre, se lança à son tour.

— Je suis revenu ici pour ma mère. Elle avait besoin de moi, elle était tombée très malade… et je suppose que j'avais aussi besoin de m'éloigner de tout ce que la ville me rappelait.

— Et maintenant ? Tu veux rester ?

Victor sembla réfléchir un instant avant de répondre.

— Je ne sais pas. Ce village a quelque chose de particulier, mais je ne suis pas sûr d'être fait pour m'y poser. Et puis, honnêtement, je suis compliqué. Grincheux, comme tu le dis si souvent.

Célia le regarda, intriguée.

— Tu n'es pas si grincheux. Juste un peu… piquant.

Ils rirent doucement, mais la tension entre eux devint plus palpable. Chaque geste, chaque regard semblait chargé de non-dits. Quand leurs mains se frôlèrent en ramassant les assiettes, Célia sentit son cœur s'accélérer.

— On devrait se concentrer sur le plan, dit-elle rapidement, brisant le moment. Ce chalet ne va pas s'infiltrer tout seul.

Victor sembla surpris, mais il acquiesça.

— Bien sûr, allons-y.

Ils passèrent le reste de la soirée à discuter des détails de leur mission. Pourtant, malgré leurs efforts pour rester concentrés, la tension émotionnelle ne fit que grandir. Célia était à la fois troublée par ce qu'elle ressentait et frustrée par sa propre incapacité à baisser ses barrières.

En sortant de chez Victor, elle marcha lentement à travers les rues calmes du village. Les lumières des maisons étaient tamisées, et le silence de la nuit semblait amplifié par la neige qui absorbait les sons. Pourtant, son esprit était tout sauf paisible.

Elle revoyait le regard de Victor, chargé d'une intensité qui l'avait troublée. Chaque détail de ce dîner — la table soigneusement dressée, les arômes d'épices, les mots choisis avec une précision désarmante — tournait en boucle dans son esprit. Elle secoua la tête, tentant de refouler ces sentiments qui affleuraient malgré elle. Après Marc, pouvait-elle seulement envisager de baisser à nouveau sa garde ?

De son côté, Victor la suivit du regard depuis la fenêtre, ses yeux fixés sur sa silhouette jusqu'à ce qu'elle disparaisse au coin de la rue. Il expira profondément, un mélange d'apaisement et d'incertitude l'envahissant. Ce moment partagé avec elle résonnait comme un fragile équilibre entre espoir et doute. Était-il prêt à ouvrir cette porte, lui qui se débattait encore avec ses propres ombres ?

Cette nuit-là, ni l'un ni l'autre ne trouva le sommeil facilement. Ils savaient tous deux que leur mission les rapprochait, mais ce rapprochement apportait avec lui son lot de complications. Et au loin, dans le silence, le chalet de Klein attendait leur prochain mouvement.

CHAPITRE 32

La maison de Sophie était devenue leur quartier général improvisé pour planifier l'infiltration. La cuisine, habituellement remplie de l'odeur apaisante de pain chaud et de biscuits, était maintenant un chaos de plans griffonnés, de sacs ouverts, et de vestes d'hiver empilées sur les chaises.

Sophie, Célia, et Victor étaient rassemblés autour de la table centrale, tandis que Julien, adossé à un comptoir, sirotait un thé tout en observant leurs préparatifs avec une expression mi-amusée, mi-désabusée.

— Alors, résumons, dit Victor en ajustant ses lunettes. On doit entrer dans le bureau de Klein, trouver l'horloge, et récupérer ce qu'elle cache sans se faire attraper.

Sophie leva les yeux au ciel tout en attachant une écharpe autour de son cou.

— Merci, capitaine évidence. Mais comment on fait pour être à la fois furtifs et rapides ? Parce que moi, furtive… ce n'est pas vraiment mon point fort.

Célia, assise en tailleur sur une chaise, feuilletait un carnet de notes tout en grignotant un biscuit.

— Peut-être qu'on pourrait se déguiser ? Comme des ouvriers ou des agents de sécurité ?

Julien, qui n'avait pas encore participé à la discussion, explosa de rire.

— Déguisés ? Vous avez vu vos têtes ? Vous avez à peine l'air de savoir marcher dans la neige sans glisser, alors vous faire passer pour des pros...

Sophie lui jeta un regard noir.

— Et toi, monsieur « je bois du thé en me moquant des autres », tu proposes quoi ?

Julien leva les mains en signe de reddition.

— Oh non, moi, je suis juste l'observateur. J'ai hâte de voir comment tout ça va foirer.

Victor soupira, exaspéré par leur manque de concentration.

— On n'a pas besoin de déguisements compliqués. On entre par l'arrière, on trouve l'horloge, et on sort. Simple et efficace.

— Simple et efficace... pour quelqu'un qui ne tombe jamais, marmonna Célia. Mais je te parie que Sophie va faire tomber un vase ou que je vais glisser sur une moquette trop propre.

Sophie éclata de rire.

— Moi, faire tomber un vase ? Tu rigoles ? Avec ta manière de gesticuler, c'est toi qu'on verra t'emmêler dans ton écharpe interminable, genre Houdini en pleine répétition ratée.

Ils continuèrent à se chamailler tout en se préparant. Sophie insista pour porter un bonnet fluo « parce qu'il fait froid et que c'est le bonnet le plus chaud qu'elle possède », ce qui provoqua une nouvelle vague de moqueries de Julien.

L'équipe improvisée arriva enfin près du bureau de Klein. La neige craquait doucement sous leurs bottes alors qu'ils se glissaient dans l'ombre des bâtiments. La tension montait à chaque pas.

— Tu es sûr que cette porte arrière est ouverte ? murmura Sophie.

Victor hocha la tête.

— D'après mes observations, elle n'est jamais verrouillée.

— Observations… tu veux dire que tu as espionné Klein ? demanda Célia, amusée.

— Disons que je suis un journaliste qui fait bien son travail.

Ils atteignirent la porte. Victor testa la poignée, et à leur grand soulagement, elle s'ouvrit sans résistance. Ils entrèrent dans un local technique encombré de boîtes et d'outils divers.

— Bon, l'horloge est dans la pièce principale, à gauche du bureau, expliqua Victor. Soyez silencieuses.

— Ça marche, capitaine furtif, répliqua Sophie avec un sourire.

Ils avancèrent prudemment, leurs lampes torches éclairant juste assez pour ne pas se cogner contre les meubles. Lorsque Célia faillit renverser une pile de cartons, Sophie murmura :

— Et c'est toi qui disais que je ferais tomber quelque chose.

Célia lui tira la langue mais garda le silence.

Lorsqu'ils atteignirent la pièce principale, l'horloge massive trônait dans un coin comme une sentinelle silencieuse. Son tic-tac semblait résonner plus fort dans le silence de la nuit.

— On dirait presque qu'elle nous nargue, murmura Célia.

Victor s'approcha avec son tournevis et commença à inspecter l'arrière de l'horloge. Sophie, fascinée, observait chaque mouvement.

— C'est un peu impressionnant, non ? Comment ils ont caché tout ça dans un truc aussi ancien ?

— Ils étaient intelligents, répondit Victor tout en travaillant. Mais pas assez pour nous empêcher de trouver leur secret.

Après plusieurs minutes de manipulation, un clic résonna, et une petite trappe s'ouvrit. Victor sortit une clé en métal finement travaillée.

— La voilà, dit-il avec un sourire triomphant.

Célia, fascinée, prit la clé pour l'examiner.

— Tout ça pour une clé... mais si elle ouvre bien le coffre dans la mine, ça pourrait changer la donne.

Sophie hocha la tête.

— Bon, maintenant qu'on l'a, sortons d'ici avant que Klein ne découvre qu'on est venus lui rendre une petite visite.

Alors qu'ils retournaient vers la sortie, un craquement sourd du parquet les figea. Klein était là, et ses pas résonnaient dans le couloir voisin.

— Plan B ? murmura Sophie, ses yeux ronds de panique.

Victor jeta un regard incrédule.

— Comment ça, plan B ? On n'a pas parlé de plan B !

Célia leva les mains, exaspérée.

— On a passé une heure à préparer notre entrée, mais personne n'a pensé à la sortie ?!

Les pas se rapprochaient, et Victor chercha frénétiquement une issue. Sophie, entre deux crises de rires nerveux, pointa une fenêtre sur le côté.

— Là-bas !

Ils se glissèrent rapidement vers la fenêtre, mais ouvrir le verrou se révéla plus difficile que prévu. Pendant ce temps, les pas de Klein se firent plus audibles. Puis, soudain, ils s'arrêtèrent.

— Vous entendez ça ? souffla Célia.

Ils jetèrent un coup d'œil dans le couloir. Klein était en pyjama à rayures, arborant des chaussons à l'effigie de rennes, et chantonnait un air de Noël tout en dansant maladroitement.

Sophie mit une main sur sa bouche pour ne pas éclater de rire, mais ses épaules secouées trahissaient son hilarité.

— C'est officiel, murmura-t-elle. Cet homme est un méchant de dessin animé.

Victor finit par ouvrir la fenêtre, qui protesta avec un grincement si sinistre qu'on aurait cru qu'elle faisait partie d'un film d'horreur à petit budget. Ils s'y glissèrent tant bien que mal, mais

Célia, fidèle à elle-même, réussit à s'accrocher à sa propre écharpe. Un petit cri s'échappa d'elle, immédiatement suivi par un regard accusateur :

— Tu n'aurais pas pu graisser cette fichue fenêtre ?!

— Chut ! fit Victor en l'aidant à descendre.

Une fois dehors, ils tombèrent dans un amas de neige, haletants mais indemnes. Ils se relevèrent en riant nerveusement.

— Eh bien, dit Sophie, c'était... rocambolesque.

— Et on n'est même pas morts, ajouta Célia avec un sourire.

Victor brandit la clé, la neige scintillant autour d'eux.

— Demain, direction la mine ! Ce trésor ne va pas se découvrir tout seul.

CHAPITRE 33

Le matin dévoilait une scène d'agitation brutale. Tirée de son sommeil par le grondement des machines et le martèlement incessant des marteaux-piqueurs, Célia enfila son manteau à la va-vite et sortit précipitamment.

Le spectacle la frappa de plein fouet : les chalets du marché de Noël, si vivants et accueillants quelques jours plus tôt, gisaient maintenant en morceaux, réduits à de simples tas de bois brisé et de gravats. Des engins de chantier avançaient lourdement, emportant sans état d'âme ce qui restait.

Autour d'elle, les habitants se tenaient là, figés, leurs regards trahissant une incompréhension mêlée de tristesse.

Sophie arriva peu après, son visage rougi par le froid et la colère.

— C'est une blague ?! s'exclama-t-elle. Ils détruisent tout, comme ça, sans prévenir ?

— Je crois que c'était prévu, murmura Célia, son regard fixé sur les chalets détruits. On n'a juste pas voulu nous avertir.

Victor les rejoignit, le visage sombre.

— J'ai vu Klein donner des ordres à ses ouvriers. Il sait exactement ce qu'il fait. Il veut casser le moral du village.

— Eh bien, il a réussi, dit Sophie, furieuse. Regarde ça. Tous ces souvenirs, ces moments de fête... Tout est parti en poussière.

Un attroupement commençait à se former autour des restes des chalets. Les habitants, furieux et indignés, se rassemblaient pour exprimer leur colère. Madame Rousseau était parmi eux, son écharpe bien serrée autour du cou, le regard grave. Julien était là aussi, prenant en photo l'ampleur des dégâts.

— Regardez ce qu'ils font, ils sont en train de tout détruire ! cria un homme. C'est notre village, pas son terrain de jeu !

— On devrait les arrêter nous-mêmes ! rétorqua une femme, les bras croisés.

— Attendez... calmons-nous, intervint le maire, arrivant au centre de la foule, les bras levés dans un geste apaisant. Je comprends votre frustration, mais la violence n'est pas la solution.

— Et quoi alors ?! cria Sophie. On reste là à regarder Klein tout détruire ?

Le maire semblait épuisé, mais il tenta de garder son calme.

— Nous devons rester unis. Si nous cédons à la colère, nous lui donnons exactement ce qu'il veut. Il faut trouver une solution... ensemble.

— Une solution ? ironisa Julien. Vous voulez dire comme vendre nos terrains au plus offrant ? Parce que certains ici y pensent déjà.

Un silence tendu s'installa. Les regards se tournèrent vers un petit groupe de villageois qui évitait de croiser les yeux des autres.

— Quoi ?! hurla Sophie. Vous voulez vendre vos terres à ce... ce criminel ?!

Un homme plus âgé, visiblement mal à l'aise, prit la parole.

— Il offre une somme qu'on ne peut pas ignorer. Certains d'entre nous ont des factures, des dettes... On ne peut pas tous se permettre de résister.

— Et vous pensez que vendre réglera tout ? répliqua Sophie avec sarcasme. Vous croyez qu'il va s'arrêter après ça ?

Madame Rousseau, qui était restée silencieuse jusque-là, s'avança lentement. Elle semblait porter le poids des années et des souvenirs sur ses épaules, mais son regard était ferme.

— Laissez-moi vous raconter une histoire, dit-elle, la voix tremblante mais résolue.

Tous se tournèrent vers elle, curieux et respectueux.

— Il y a bien longtemps, avant que ce village ne devienne ce qu'il est aujourd'hui, c'était une communauté de mineurs. Des hommes et des femmes qui travaillaient ensemble pour survivre, pour construire quelque chose de durable. La mine n'était pas seulement un moyen de gagner leur vie. Elle était leur lien, leur fierté. Chaque pierre, chaque poutre de ce village porte leur histoire.

Elle s'arrêta un instant pour reprendre son souffle, ses mains tremblant légèrement.

— Quand la mine a fermé, beaucoup ont cru que c'était la fin. Mais au lieu de partir, ils ont transformé ce qu'ils avaient en quelque chose de plus grand. Le marché de Noël, par exemple. C'était leur idée. Un moyen de partager leur esprit de communauté avec le reste du monde. Et maintenant, regardez ce qu'il en reste.

Un murmure parcourut la foule mais la vieille dame continua.

— Si nous vendons à Klein, nous vendons leur héritage, votre héritage. Nous effaçons tout ce pour quoi ils ont travaillé. Est-ce vraiment ce que vous voulez ?

Le silence qui suivit était éloquent. Ses mots avaient touché une corde sensible. Même ceux qui envisageaient jusque-là de vendre, semblaient réfléchir.

— Klein veut que nous soyons divisés, déclara Victor en s'avançant légèrement, les yeux fixés sur l'assemblée. Si nous nous unissons, si nous trouvons un moyen de résister ensemble, nous avons une chance de sauver ce village.

— Mais comment ? demanda quelqu'un dans la foule. Il a l'argent, les engins... et nous ?

Célia prit une profonde inspiration avant de parler.

— Nous avons plus que ce qu'il n'aura jamais. Nous avons l'histoire, les souvenirs, et la volonté de protéger ce qui compte vraiment.

Klein peut acheter des terrains, mais il ne peut pas acheter notre esprit de communauté.

Un murmure approbateur monta dans l'assemblée. Madame Rousseau posa une main sur l'épaule de Célia, un sourire discret mais fier sur son visage.

— Alors, qu'est-ce qu'on fait maintenant ? demanda Sophie, brisant le silence.

Victor regarda la foule, son regard brillant d'espoir.

— On se bat. Ensemble.

CHAPITRE 34

La librairie baignait désormais dans un calme apaisant, à peine troublé par le crépitement du poêle. Célia feuilletait de nouveau les lettres trouvées dans les ouvrages que Monsieur Lemoine avait rendus. Une phrase récurrente attira soudain son attention : « *Le gardien du temps protège toujours ce qui compte.* »

Elle fronça les sourcils, intriguée.

— Victor, viens voir, murmura-t-elle.

Le journaliste, penché sur son ordinateur portable, releva la tête, visiblement fatigué mais curieux. Il s'approcha, sa tasse de café fumante à la main.

— Qu'est-ce que tu as trouvé ?

Célia désigna la lettre.

— Cette phrase revient encore et encore dans les documents. Tu crois que c'est une métaphore ou quelque chose de plus... concret ?

Victor haussa un sourcil.

— Lemoine était un homme de secrets. Peut-être que ça a un rapport avec son obsession pour l'horloge, il doit indiquer à nouveau le chemin de la clé. Continue à lire.

En parcourant d'autres lettres, Célia tomba sur une page plus personnelle, rédigée de la main de Monsieur Lemoine lui-même. Elle hésita un instant avant de lire à voix haute, les mots vibrant d'une émotion qui la toucha profondément :

— « Porter le poids d'un héritage qu'on ne comprend pas pleinement n'a rien de facile. Lorsque mon père m'a confié l'horloge, il a affirmé qu'elle était la clé de notre histoire, la promesse d'un avenir meilleur. Pourtant, tout ce que je vois, c'est un village qui se délite, des gens qui oublient les sacrifices faits pour en arriver là. Peut-être que je me trompe. Peut-être que protéger cette horloge ne sert à rien. Mais si c'est tout ce qu'il me reste pour honorer ceux qui sont venus avant nous, alors je continuerai. »

Célia posa la lettre, les yeux brillants.

— Il se sentait seul, murmura-t-elle. Complètement isolé avec cette mission qu'il ne comprenait pas vraiment.

Victor hocha la tête, pensif.

— Et pourtant, il n'a jamais abandonné. Il a gardé l'horloge, protégé ces documents. Peut-être qu'il savait, au fond, que quelqu'un viendrait un jour pour continuer ce qu'il avait commencé.

Les mots de la lettre se mirent à danser dans l'esprit de Célia, peignant une scène vivante. Elle voyait un jeune Monsieur Lemoine, quelque part dans les années 70, penché sur une table envahie de papiers épars. La lumière vacillante d'une lampe éclairait à peine la pièce sombre, jetant des ombres sur les murs.

Au centre de la table trônait l'horloge, massive, presque intimidante, son aura mystérieuse imposant le silence.

Devant lui, son père, un homme solide aux épaules larges et au visage buriné par des années de labeur, se tenait droit, le regard grave. La tension dans l'air était palpable, comme si les murs eux-mêmes retenaient leur souffle.

— Écoute-moi bien, Armand, disait-il d'une voix grave. Cette horloge, ce n'est pas qu'un objet. C'est un symbole. Une promesse que notre famille a faite au village.

Le jeune Armand, sceptique mais respectueux, regarda son père avec une pointe d'appréhension.

— Et si les gens s'en fichent ? demanda-t-il. Et si tout ce que nous faisons n'a plus de sens ?

Son père posa une main ferme sur son épaule.

— Alors, ce sera à toi de leur rappeler. Et si tu n'y arrives pas, tu garderas cet héritage pour celui ou celle qui le pourra.

Le flashback s'effaça doucement, ramenant Célia à la réalité. Elle inspira profondément, les paroles de Monsieur Lemoine résonnant encore dans sa tête.

— Il a toujours su qu'il n'était qu'un gardien temporaire, dit-elle doucement. Mais il a pris son rôle au sérieux, même si ça le rendait solitaire.

Victor, les bras croisés, réfléchit un instant.

— Ça explique pourquoi il était si protecteur avec l'horloge et les documents. Il voyait ça comme sa mission. Mais ça n'explique pas tout.

Célia acquiesça.

— Non, mais ça nous donne un aperçu de qui il était. Et pourquoi il était prêt à aller aussi loin.

Victor s'installa sur le fauteuil en face de Célia, son expression plus douce.

— Tu sais, ce que Lemoine a fait, c'est un peu ce que toi tu fais. Il a rassemblé les pièces d'un puzzle sans savoir qui allait les assembler. Et toi, tu es venue pour compléter son œuvre.

Célia rougit légèrement, touchée par ses mots.

— Peut-être, répondit-elle. Mais je pense qu'il était bien plus courageux que moi.

Victor haussa les épaules, un sourire taquin sur les lèvres.

— Moi, je pense que tu es plus semblable à lui que tu ne le crois.

Un silence paisible s'installa, rythmé par le doux crépitement du feu. Victor, assis en face de Célia, laissa son regard se perdre dans les flammes qui dansaient avec une énergie hypnotique, son esprit visiblement emporté ailleurs.

La libraire brisa le silence, sa voix douce.

— Tu penses à quoi ?

Victor cligna des yeux, ramené à la réalité. Il haussa légèrement les épaules, jouant distraitement avec le bord de sa tasse.

— À beaucoup de choses, répondit-il. À Lemoine. À ce village. À tout ce qu'on a traversé.

Célia l'observa, cherchant à percer ce qui se cachait derrière ses mots. Elle posa sa tasse sur la table basse et s'adossa dans son fauteuil, les genoux repliés sous elle.

— Tu ne parles jamais beaucoup de toi, fit-elle remarquer doucement. Je veux dire... vraiment de toi.

Victor eut un petit rire, sans joie.

— C'est parce qu'il n'y a pas grand-chose à dire.

— Arrête, rétorqua-t-elle avec un sourire en coin. Tout le monde a une histoire. Même toi.

Il la regarda un moment, comme s'il pesait ses mots. Puis il prit une profonde inspiration.

— Je suppose que... je n'ai jamais été du genre à m'attacher, commença-t-il. Pas parce que je ne veux pas, mais parce que ça me semble... compliqué.

Célia pencha légèrement la tête, curieuse.

— Compliqué comment ?

Victor détourna les yeux, fixant à nouveau les flammes.

— Quand ma mère est tombée malade, j'ai tout plaqué. Mon boulot, ma vie à Lyon. Au départ, je pensais que ce serait provisoire, juste le temps de gérer les choses. Mais peu à peu, j'ai compris quelque chose : peut-être que ma place était ici. Pas à courir partout derrière des histoires, dans des villes où je n'ai jamais vraiment eu l'impression d'appartenir.

Il marqua une pause, avant d'ajouter d'une voix plus basse :

— Mais quand on s'attache... on s'expose à perdre. Et je ne sais pas si je suis prêt pour ça.

Célia sentit un frisson d'émotion la traverser. Elle comprenait ce qu'il voulait dire, même si elle n'avait pas vécu exactement la même chose. Après tout, elle aussi était revenue ici pour échapper à quelque chose.

— Tu sais, commença-t-elle, je pensais que revenir ici serait une sorte d'échec. Comme si quitter Paris voulait dire que je n'avais pas réussi. Mais en fait... ça m'a appris à voir les choses différemment. Parfois, il faut ralentir pour comprendre ce qui compte vraiment.

Elle croisa son regard, un sourire timide aux lèvres.

— Peut-être que ça s'applique aussi aux attachements.

Victor la regarda longuement, un mélange d'admiration et de tendresse dans les yeux.

— Tu es beaucoup plus sage que moi, Célia.

Elle éclata de rire, brisant l'intensité du moment.

— Ça, c'est parce que j'ai lu trop de romans. Je suis sûre que je pourrais te réciter des dizaines de répliques philosophiques à propos de la vie et de l'amour.

Victor sourit, mais cette fois, son regard ne quitta pas le sien.

— Peut-être que je devrais lire un peu plus, alors.

Célia se leva et se rapprocha du feu.

— Je pense que Lemoine aurait été heureux de voir ce qu'on a accompli, dit-elle en se penchant pour ajouter une bûche. Même si ça a commencé par un tapis meurtrier.

Le journaliste éclata de rire, un vrai rire cette fois.

— Ce tapis restera une légende locale.

Célia se tourna vers lui, un sourire espiègle sur les lèvres.

— Et toi, tu écriras cette légende ?

Il haussa les sourcils, feignant l'innocence.

— Peut-être que je pourrais. Mais je devrai te consulter. Après tout, c'est ton aventure aussi.

Elle rougit légèrement, mais elle ne détourna pas les yeux.

— Alors, on écrira ensemble ?

Victor se redressa légèrement, comme surpris par ses mots, puis hocha doucement la tête.

— Oui, ensemble.

Le feu crépitait doucement, et la neige continuait de tomber dehors, enveloppant la librairie dans une bulle de calme et de chaleur. Ce moment partagé entre eux semblait suspendu dans le temps, comme un chapitre parfait dans une histoire encore à écrire.

CHAPITRE 35

— C'est officiel, dit Célia, ajustant son bonnet qui refusait de tenir en place, je crois que j'ai besoin d'une augmentation. Ou au moins d'un chocolat chaud après cette mission.

— Une augmentation ? répliqua Sophie avec un sourire moqueur. Tu es ton propre patron, Célia.

Julien, qui tenait une lampe de poche d'une main tremblante, ajouta :

— Eh bien, si elle demande une augmentation, moi je demande un gilet pare-balles. Parce que si quelque chose tourne mal dans cette mine...

— Calme-toi, Julien, dit Victor en déroulant une carte ancienne. La seule chose dangereuse qu'on risque de rencontrer, c'est une chauve-souris.

— Super. Les chauves-souris. Exactement ce que je voulais entendre, grommela Julien en resserrant son écharpe.

Ils atteignirent l'entrée de la mine, la neige craquant sous leurs bottes. L'air était glacial, mais une étrange chaleur montait parmi eux : l'adrénaline et l'excitation.

— Tout le monde est prêt ? demanda Victor, les yeux brillants dans la lueur des lampes.

— Aussi prête qu'on peut l'être pour ouvrir un coffre centenaire, dit Célia en tenant fermement la clé.

— Si ce coffre contient un fantôme, dit Sophie en riant, je vous préviens que je me cache derrière Julien.

— Charmant, murmura ce dernier. Allez, entrons.

La mine semblait les engloutir alors qu'ils avançaient dans le tunnel principal. Les parois rocheuses renvoyaient l'écho de leurs pas, et l'air devint plus froid et humide à mesure qu'ils progressaient.

— Je ne savais pas que c'était si profond, dit Sophie, sa voix résonnant.

— C'est ici que les mineurs travaillaient pendant des heures, dit Victor. Ils devaient avoir une sacrée dose de courage.

Célia remarqua des initiales gravées dans la roche. Elle s'arrêta pour les examiner.

— Vous croyez qu'ils pensaient à nous, à ce moment-là ? demanda-t-elle. Que quelqu'un viendrait un jour rouvrir leur coffre ?

— Ils pensaient surtout à survivre, répondit Victor, pragmatique mais pas sans respect. Allez, on est presque là.

Ils atteignirent enfin la cavité centrale. Le coffre, imposant et intimidant, les attendait au centre, ses gravures anciennes visibles sous la poussière.

— Bon, tout le monde en place, annonça Victor. Et Julien... ne crie pas si quelque chose bouge.

— Moi, crier ? Je suis un roc, dit Julien, un peu trop vite pour être crédible.

Célia, avec une excitation nerveuse, inséra la clé dans la serrure. Elle tourna lentement, et un clic résonna dans l'air glacial. Ils retinrent tous leur souffle alors que le couvercle s'ouvrait avec un grincement sourd.

Soudain, un bruit strident fusa au-dessus de leurs têtes. Une forme sombre jaillit du plafond.

— AAAAAAHHHHH ! hurla Julien en se jetant au sol.

— Une chauve-souris, dit Victor avec un soupir, alors que le reste du groupe éclatait de rire.

— Je déteste cette mission, marmonna Julien en se relevant, rouge de honte.

Le coffre était enfin ouvert, révélant son contenu sous une fine couche de poussière : des documents anciens soigneusement empilés et... des lingots d'or.

— Oh. Mon. Dieu, souffla Sophie. De l'or. Vraiment.

Victor sortit les documents, ses yeux parcourant rapidement les lignes.

— Ce ne sont pas juste des documents, dit-il. C'est une charte communautaire. Et regardez ça... une carte.

Il déplia une carte ancienne, où des zones entourant la mine étaient marquées comme « protégées » par une loi de l'époque.

— Si ces protections sont encore valables, murmura-t-il, Klein est fini.

Célia, fascinée, posa une main sur l'épaule de Victor.

— On doit montrer ça au maire et à Raymond. Vite.

Victor hocha la tête.

— Je vais chercher du réseau dehors pour les appeler.

Pendant que le journaliste s'éloignait, Sophie ramassa un lingot.

— Imagine ce qu'on pourrait faire avec ça...

— Acheter un autre marché de Noël, répliqua Julien. Mais c'est pour le village, pas pour toi.

— Dommage, dit Sophie avec un sourire en coin.

Peu après, Victor revint, suivi de Raymond et du maire, essoufflés mais visiblement intrigués.

— Alors ? demanda Raymond. Qu'est-ce qu'on a trouvé ?

Célia tendit les documents au maire. En les lisant, son visage passa de l'incrédulité à l'espoir.

— Ces protections... si elles tiennent toujours, murmura-t-il, nous pouvons tout arrêter.

Raymond hocha la tête, son air résolu.

— Je vais contacter les autorités. Klein va avoir des ennuis.

En quittant la mine, chargés des lingots et des documents, le groupe ressentit un soulagement collectif. L'air glacé semblait moins hostile.

— Alors, biscuits de Noël ? demanda Sophie avec un sourire.

— Avec du vin chaud, ajouta Célia. Et c'est moi qui invite.

Victor, marchant à côté d'elle, esquissa un sourire. Mais avant qu'ils ne puissent célébrer, une question brûlait les lèvres de chacun : à quel point Klein était-il prêt à riposter ?

CHAPITRE 36

La librairie était étrangement paisible ce soir-là. Les rues s'étaient vidées après l'agitation du marché de Noël, et seul le crépitement du poêle à bois troublait le silence. Madame Rousseau, enveloppée dans un châle épais, sirotait un thé chaud, installée confortablement dans un vieux fauteuil.

Célia et Victor, assis à côté d'elle, observaient le carnet en cuir qu'elle tenait entre ses mains. Ses pages usées semblaient porter le poids des années, et son regard se perdit un instant dans les souvenirs avant qu'elle ne prenne la parole.

— Ce carnet, dit-elle doucement, appartenait à mon grand-père. Il travaillait à la mine, comme son père avant lui. Ce que vous avez trouvé dans le coffre, ce n'est pas juste une charte. C'est une promesse. Une promesse qu'ils se sont faite entre eux, et au village.

Elle leva les yeux vers eux, son expression mêlant fierté et gravité, ses mots résonnant dans l'atmosphère feutrée.

Célia, fascinée, se pencha légèrement en avant.

— Une promesse ? Qu'est-ce qu'ils se sont promis ? demanda-t-elle.

La vieille dame eut un petit sourire nostalgique.

— Laissez-moi vous raconter l'histoire. Fermez les yeux si vous voulez... imaginez.

Les mots de Madame Rousseau transportèrent Célia dans un autre temps. Dans son esprit, les images prirent vie : des hommes en vêtements d'époque, des visages marqués par la fatigue mais éclairés par une détermination farouche.

La pièce était sombre, étouffante, baignée dans une atmosphère lourde où l'air semblait presque immobile. Les lampes à huile accrochées aux murs projetaient une lumière vacillante, faisant danser des ombres sur les murs humides. Autour d'une table en bois brut, une quinzaine de mineurs s'étaient regroupés, serrés les uns contre les autres. Leurs mains, calleuses et noircies par le charbon, reposaient sur la table ou pendaient mollement, comme si elles portaient encore le poids de leur journée.

Au centre, un homme se tenait debout, une plume entre les doigts. Il scrutait chaque visage, prenant le temps de croiser chaque regard. La pièce semblait s'éclairer, non pas des flammes vacillantes, mais de la force tranquille qui émanait de ses yeux.

— Ce soir, messieurs, dit-il, sa voix grave tranchant dans le silence, ce n'est pas qu'un accord que nous allons écrire. C'est notre avenir.

Un silence total s'installa. Les quelques murmures qui flottaient encore se turent, et tous les regards se fixèrent sur lui.

— Nous avons perdu trop de nos frères, disait-il d'une voix rauque. Nous ne pouvons pas continuer ainsi. Ces investisseurs pensent que notre vie ne vaut rien. Mais ils ne comprennent pas. Cette mine n'est pas qu'une source de richesse pour eux. Elle est notre sang, notre terre, notre futur.

Un autre homme, plus jeune, se leva à son tour.

— Alors que faisons-nous ? Si nous refusons de travailler, ils trouveront d'autres hommes pour nous remplacer.

Le premier homme posa la plume sur la table, son regard défiant.

— Nous leur montrons que nous sommes plus forts qu'ils ne le pensent. Nous créons une charte. Une charte qui protégera nos familles et ce village. Si jamais cette mine tombe entre de mauvaises mains, ce document garantira qu'elle restera entre les nôtres.

La vision s'éclaircit encore. Les mineurs se penchèrent sur la table, chacun ajoutant sa signature avec une détermination farouche. L'un d'eux, plus hésitant, murmura :

— Et si nous échouons ?

Le leader posa une main rassurante sur son épaule.

— Alors notre histoire vivra. Et ceux qui viendront après nous comprendront pourquoi nous avons combattu.

La voix de Madame Rousseau ramena Célia à la réalité. Elle ouvrit les yeux, les joues réchauffées par le feu.

— Et c'est ainsi qu'est née la charte, conclut-elle. Ils ont tout risqué pour protéger ce village. Ils savaient qu'ils ne verraient peut-être pas le fruit de leurs efforts, mais ils avaient foi en l'avenir.

Victor, jusque-là silencieux, se redressa légèrement.

— Ils étaient incroyablement visionnaires. Ce document... cette charte... ce n'est pas seulement un morceau d'histoire. C'est une preuve de leur solidarité. De leur courage.

Madame Rousseau acquiesça, ses yeux brillants d'émotion.

— Exactement. Et c'est pour cela que cette charte ne doit jamais quitter ce village. Elle appartient à tous ceux qui y vivent.

Célia regarda le carnet que la vieille dame tenait toujours entre ses mains.

— Vous pensez que les habitants comprendront vraiment ce que cela signifie ? murmura-t-elle.

Elle sourit doucement.

— Ils le comprendront. Grâce à vous, grâce à Victor, et à tous ceux qui se battent pour ce village. Vous êtes les nouveaux gardiens de cette promesse.

Célia sentit un frisson d'émotion la traverser. Ce village, qui l'avait accueillie et transformée, était désormais une partie essentielle de sa vie.

Victor posa une main légère sur son épaule, rompant le silence.

— On raconte une belle histoire, Célia, dit-il doucement. Et comme toujours, les meilleures histoires sont celles qui sont partagées.

CHAPITRE 37

La salle communautaire était comble. Les habitants se pressaient sur les bancs grinçants, les visages tendus par l'inquiétude. Les guirlandes de Noël accrochées aux murs paraissaient ternes sous la lueur crue des ampoules suspendues. Célia se tenait près de l'estrade improvisée, le regard rivé sur Victor qui feuilletait nerveusement les documents qu'ils avaient ramenés de la mine.

— C'est ton moment, murmura Victor en se penchant vers elle. Tu peux le faire.

Célia sentit un nœud se former dans son estomac. Elle inspira profondément, ses mains moites crispées sur les feuilles jaunies de la charte communautaire.

— Et si je... je cafouille ? Et si personne ne me croit ?

Victor posa une main réconfortante sur son épaule.

— Tu as découvert tout ça. Si quelqu'un peut leur faire comprendre l'importance de ces documents, c'est toi.

Sophie, assise au premier rang, fit un signe d'encouragement exagéré, levant les deux pouces en l'air.

— Allez, Célia ! Tu es la star de la soirée ! cria-t-elle, attirant des regards amusés.

Avec un dernier sourire crispé, Célia monta sur l'estrade. Les murmures cessèrent et tous les regards se tournèrent vers elle. Elle sentit la pression monter, mais la présence du journaliste, debout juste derrière elle, lui donna le courage de commencer.

— Bonsoir à tous. Si nous vous avons rassemblés ce soir, c'est parce que nous avons fait une découverte qui pourrait tout changer... pour notre village.

Elle présenta la charte communautaire et expliqua son importance, détaillant comment les mineurs avaient protégé leurs terres à travers ce document. Elle déplia ensuite la carte, montrant les terrains marqués comme « protégés ».

— Ces protections sont toujours valides, ajouta-t-elle. Klein ne pourra pas continuer ses travaux si nous utilisons ces preuves.

Un murmure parcourut la salle. Certains étaient visiblement impressionnés, d'autres sceptiques. Klein, assis au fond, se leva lentement, un sourire froid aux lèvres.

— Fascinant, dit-il d'une voix suave. Mais ces documents sont-ils réellement authentiques ? Comment savez-vous qu'ils ont une quelconque valeur juridique aujourd'hui ?

Célia sentit son assurance vaciller, mais Victor intervint rapidement.

— Ces documents ont été conservés dans un coffre protégé par les mineurs eux-mêmes. Leur authenticité est indéniable.

Le promoteur haussa les épaules, mais son sourire se crispa.

— Je vois. Mais je doute que cela suffise à convaincre les autorités. Et en attendant, mes travaux continueront.

Un murmure indignant s'éleva de l'assemblée. Madame Rousseau se leva alors et sa voix résonna avec force.

— Assez ! Nous avons vu vos engins détruire nos chalets, mais ce village n'est pas à vendre, monsieur Klein ! Ce document est une promesse, un rappel que nous appartenons à cette terre, et non l'inverse !

Des applaudissements légers suivirent son intervention, mais le promoteur resta imperturbable.

La foule quittait lentement la salle communautaire, les visages tendus de réflexion. Klein, toujours entouré de son aura menaçante, s'éloigna en compagnie de son homme de main, l'étranger au manteau sombre. Sophie observait la scène avec une intensité qui inquiétait légèrement Célia.

— Tu sais ce que je pense ? commença Sophie en croisant les bras.

— Non, mais je sens que je vais le regretter, répondit Célia, essayant de garder un ton léger.

— On devrait le suivre, cet homme. Je parie qu'il sait tout. Il a pris l'horloge, j'en suis sûre.

Célia écarquilla les yeux.

— Le suivre ? Sophie, c'est une très mauvaise idée. C'est le genre de truc qui finit mal dans les films.

— Heureusement pour toi, on n'est pas dans un film. Et puis, si on ne le fait pas, qui le fera ? Victor ? Julien ? Ils sont trop prudents.

Célia soupira.

— Et que veux-tu qu'on fasse ? L'arrêter et le faire parler ?

Sophie haussa les sourcils avec un sourire complice.

— Exactement. Allez, imagine : nous, héroïnes locales, démasquant l'homme de main de Klein. C'est parfait.

— Sophie, c'est une idée complètement... folle. Mais si on doit le faire, alors on garde ça pour nous. Si Victor l'apprend, il nous enfermera dans la librairie.

Le duo se retrouva près de l'auberge où l'étranger semblait loger. Célia tenait une paire de jumelles empruntée à Julien, tandis que Sophie mastiquait nerveusement un chewing-gum.

— Il est là-bas, murmura Sophie, pointant discrètement du menton. Que fait-il ?

— On dirait qu'il... boit un café. Oh, l'horreur !

Sophie lui donna une légère tape sur l'épaule.

— Sois sérieuse. Il pourrait préparer un coup.

— Ou juste savourer sa journée. Alors, quel est ton grand plan, Sherlock ? demanda Célia avec un sourire en coin.

Sophie esquissa un sourire malicieux.

— On l'attire dans une ruelle et on l'accoste. Simple et direct.

— Oh, parfait. Et tu sais comment ligoter quelqu'un, au cas où ?

— Bien sûr. J'ai regardé trois saisons d'*Esprits Criminels*.

— Super. Moi, j'ai lu plein de romans policiers. On est prêtes. Si quelqu'un peut rater ce genre de mission, c'est bien nous.

Elles se positionnèrent stratégiquement à l'angle d'une ruelle. Lorsque l'homme sortit de l'auberge, elles le suivirent discrètement, du moins aussi discrètement que deux amatrices pouvaient l'être.

— Il tourne à gauche, chuchota Sophie.

— Merci, Sherlock. Continue comme ça et on pourra écrire un manuel.

Alors que l'homme s'arrêta dans une ruelle pour allumer une cigarette, Sophie fit signe à Célia.

— C'est notre chance. Vas-y.

— Pourquoi moi ? demanda Célia, paniquée.

— Parce que c'est ton plan.

— Faux. C'était ton idée.

Avant qu'elles ne puissent décider, l'homme tourna la tête vers elles. Il les fixa un instant, ses yeux froids scrutant leur maladresse manifeste.

— Vous avez besoin de quelque chose ? demanda-t-il d'une voix calme mais menaçante.

Sophie, prise au dépourvu, bafouilla :

— Eh bien... nous... euh... oui... enfin, non.

L'homme esquissa un sourire glacial.

— Si vous continuez à fouiner, vous ne serez pas les seules à regretter cette aventure.

Avant qu'elles ne puissent répondre, il tourna les talons et disparut dans l'obscurité.

Célia et Sophie restèrent figées quelques secondes avant que Sophie ne murmure :

— Eh bien, monsieur, c'est noté. Bonne soirée.

Elles échangèrent un regard, partagées entre la peur et l'envie de rire de leur propre maladresse.

De retour à la librairie, les deux amies s'effondrèrent sur le canapé, réfléchissant à leur échec.

— Alors, c'est ça, être des héroïnes ? demanda Célia en riant.

— Apparemment, oui. Mais avoue que c'était excitant.

— Excitant ? Sophie, on a failli mourir de honte.

— Peut-être. Mais la prochaine fois, on sera prêtes.

CHAPITRE 38

Le plan de Sophie et Célia était, disons-le, audacieux. Et complètement désordonné. Mais elles étaient déterminées à faire avouer l'homme au manteau sombre qui travaillait pour Klein. Si elles ne le faisaient pas, qui le ferait ?

Sophie, vêtue d'une perruque rousse à frange et arborant un maquillage aussi audacieux que la mission elle-même, se regardait dans le rétroviseur de la voiture.

— Alors ? Je fais assez crédible ? demanda-t-elle, en battant exagérément des cils.

Célia, qui ajustait sa propre « discrétion » sous forme de lunettes énormes et d'un rouge à lèvres trop vif, haussa les sourcils.

— Crédible ? Non. Inoubliable ? Absolument.

— Parfait, dit Sophie avec un sourire triomphant. Maintenant, allons kidnapper ce type comme des professionnelles.

— Professionnelles ? On ressemble à des figurantes d'un mauvais clip des années 80, Sophie. Mais bon, allons-y.

Elles avaient garé la voiture avec le capot ouvert et une roue enlevée, simulant une panne. Sophie agitait les bras d'une manière qui ne pouvait qu'attirer l'attention de leur cible.

L'homme au manteau sombre, intrigué, s'arrêta en fronçant les sourcils.

— Tout va bien ? demanda-t-il, sa voix grave et méfiante.

Sophie, avec un sourire innocent et un clin d'œil exagéré, répondit :

— Pas vraiment ! Ma voiture a rendu l'âme, et on ne sait pas quoi faire. Vous pourriez nous aider ?

Il soupira, visiblement peu enchanté, mais s'approcha. Dès qu'il fut à portée, Célia surgit derrière lui avec une casserole — une casserole ?! — et le frappa légèrement sur la tête. Il s'écroula.

— Pas trop fort, j'espère, dit Célia, les yeux ronds.

— Tu plaisantes ? On n'a pas le temps pour la douceur. Attrape ses jambes !

Les deux femmes, dans un effort maladroit mais efficace, parvinrent à hisser l'homme dans le coffre de la voiture. Direction : la boulangerie de Sophie.

— Pourquoi ta boulangerie, d'ailleurs ? demanda Célia en reprenant son souffle.

— Parce que j'ai un sous-sol et personne n'y met jamais les pieds, répondit Sophie. Et aussi parce que j'ai des cookies pour quand on aura besoin d'un remontant.

— Priorités, dit Célia en levant les yeux au ciel.

Une fois arrivées, elles descendirent le corps inconscient dans le sous-sol et l'attachèrent à une chaise avec des rubans — car elles n'avaient rien d'autre sous la main.

— Les rubans rouges, c'est festif, plaisanta Sophie.

— Festif ou pas, il va se réveiller et nous reconnaître. On a besoin de... d'un déguisement, dit Célia.

Elles montèrent à l'étage et fouillèrent dans les fournitures de décoration de Noël. Sophie trouva deux barbes de Père Noël et des bonnets rouges.

— Parfait. Maintenant, on est incognito, dit-elle en ajustant sa barbe.

— Oui, sauf qu'on ressemble à deux elfes sous stéroïdes.

L'homme tardait à se réveiller. Sophie, assise sur une boîte en carton, regarda Célia avec un air complice.

— Tu crois qu'il est solide ? demanda Sophie.

— J'ai été douce avec la casserole, promis. Mais à ce rythme, on va passer la nuit ici.

Pour passer le temps, Sophie ouvrit une bouteille de vin qu'elle gardait dans le sous-sol pour les occasions spéciales.

— Allez, un petit verre, ça nous aidera à réfléchir.

— Tu es incorrigible, dit Célia en riant, mais elle accepta tout de même.

Elles sirotaient leur vin lorsqu'une discussion s'engagea naturellement.

— Alors, Julien ? demanda Célia en souriant malicieusement. Toujours aussi attentionné avec toi ?

Sophie leva les yeux au ciel.

— Julien est gentil, mais il est tellement maladroit. L'autre jour, il a renversé de la farine partout en essayant de m'aider à préparer une fournée. Je te jure, il avait l'air d'un bonhomme de neige.

— Peut-être qu'il essaie juste de t'impressionner, dit Célia.

— Oh, arrête, et toi avec Victor ? Toujours à nier qu'il y a quelque chose ?

Célia rougit et tenta de changer de sujet.

— On n'est pas là pour parler de ça... Mais entre nous, il peut être tellement... irritant parfois.

— Oui, mais tu aimes ça. Avoue-le.

Leurs rires résonnaient dans le sous-sol lorsqu'un gémissement leur fit tourner la tête. L'homme était enfin réveillé. En voyant les deux femmes, avec leurs barbes de Père Noël et leurs verres à la main, il cligna des yeux plusieurs fois avant d'éclater de rire.

— Vous appelez ça un kidnapping ? C'est la chose la plus bizarre que j'aie jamais vue.

Sophie posa son verre, un peu vexée.

— Eh bien, monsieur, si vous êtes assez réveillé pour vous moquer, alors vous êtes assez réveillé pour parler.

Célia, tentant de reprendre son sérieux, s'avança.

— Nous savons que vous travaillez pour Klein. Avouez tout : l'horloge, les documents... tout.

L'homme soupira.

— Je n'ai rien fait d'illégal. J'ai pris l'horloge, oui, mais j'ai laissé de l'argent. Ce n'est pas du vol.

— Et la mine ? Et chez Monsieur le maire ? demanda Sophie.

— J'y suis entré pour chercher des informations pour Klein. Mais je n'ai rien pris. Je ne fais que mon travail.

— Votre travail consiste à détruire un village, dit Célia, les bras croisés.

Il baissa les yeux, visiblement mal à l'aise.

— Klein me paie bien, mais je ne veux pas d'ennuis. Je vais partir. Vous avez ma parole.

De toute façon tout ça va trop loin maintenant, je n'ai jamais voulu détruire la vie de personne.

Sophie et Célia se regardèrent. L'homme semblait sincère. Elles décidèrent de le libérer, mais pas avant d'avoir enregistré une vidéo de ses aveux

Après l'avoir détaché et raccompagné à la porte, Sophie soupira.

— Bon, au moins, on sait qu'il n'ira pas plus loin.

— Oui, mais je suis presque certaine qu'on vient de battre le record du pire plan jamais conçu.

Elles éclatèrent de rire, liées par leur aventure improbable. Mais une chose était sûre : elles n'avaient pas dit leur dernier mot.

CHAPITRE 39

La boulangerie de Sophie battait son plein. La pâtissière, derrière son comptoir, ajustait une pile de tartelettes aux marrons, les sourcils froncés.

— Tu comptes rester planté là toute la journée ou tu vas m'aider à transporter ces plateaux ? lança-t-elle à Julien, qui se tenait nonchalamment contre un poteau en bois.

Julien, l'air faussement innocent, haussa les épaules.

— Je suis ici pour assurer ta sécurité. Qui sait, un voleur de tartes pourrait surgir.

Sophie roula des yeux, mais un sourire effleura ses lèvres.

— Tu sais que j'ai plus de chances d'être volée par un enfant affamé que par un voleur de tarte ? s'amusa-t-elle.

Un enfant, justement, s'arrêta devant le stand, les yeux brillants.

— Madame Sophie, pourquoi vous criez toujours sur Monsieur Julien ? demanda-t-il avec une sincérité désarmante.

Sophie éclata de rire, mais Julien, visiblement pris au dépourvu, rougit légèrement.

— Je ne crie pas, répondit-elle. Je communique avec passion.

Le garçon réfléchit un instant, puis ajouta, non sans malice :

— Mais vous l'aimez bien, non ?

Cette fois, Julien toussa bruyamment, manquant de s'étouffer avec sa propre salive.

Sophie, elle, fronça les sourcils, mais une teinte rosée apparut sur ses joues.

— Euh… c'est compliqué, dit-elle, cherchant ses mots. Et toi, tu ne devrais pas être avec tes parents ?

L'enfant hocha la tête, puis s'éloigna en sautillant.

Julien, encore rouge, croisa les bras et regarda Sophie avec un mélange d'amusement et de défi.

— Alors, c'est compliqué ? répéta-t-il, un sourire en coin.

Sophie, toujours vive d'esprit, posa ses mains sur ses hanches.

— Oui, compliqué. Comme ces recettes de tartes que je réussis toujours, contrairement à toi et tes tentatives de bricolage, riposta-t-elle.

— C'est toi qui parles de complications ? Tu passes plus de temps à m'envoyer des piques qu'à gérer tes commandes.

— Parce que quelqu'un doit bien te garder éveillé ! Tu rêves tout le temps debout, Julien !

Leurs voix, bien que moqueuses, attiraient l'attention des passants, qui commençaient à murmurer et sourire en voyant la scène. Madame Rousseau, qui venait de rentrer dans la boutique, ne put s'empêcher d'intervenir.

— Oh, vous deux, arrêtez de vous chamailler comme des enfants. On dirait un vieux couple, déclara-t-elle en souriant.

Les deux se figèrent, leurs regards se croisant. Julien, qui avait jusque-là cherché à éviter le sujet, sembla perdre un instant son assurance.

— Eh bien, répondit-il maladroitement, si j'étais dans un vieux couple, ce serait sûrement avec quelqu'un d'aussi... difficile qu'elle.

Sophie éclata d'un rire franc.

— Difficile ? Moi ? Oh, Julien, tu n'as aucune idée de ce que ça veut dire d'être difficile.

Alors que la foule autour d'eux continuait à se disperser, Sophie fixa Julien, une main sur la hanche.

— Julien, sois honnête juste une seconde. Tu es là, tout le temps. Tu fais quoi exactement ? Tu attends que je te propose un job ou... autre chose ?

Il ouvrit la bouche, puis la referma, cherchant visiblement une réponse. Finalement, il soupira.

— Peut-être que... j'aime bien être là, finit-il par avouer, presque à contre-cœur.

Sophie, surprise, cligna des yeux.

— Oh. Eh bien, c'est... intéressant. Et... pourquoi ?

Julien passa une main dans ses cheveux, mal à l'aise.

— Parce que... peut-être que je t'aime bien, moi aussi. Voilà, c'est dit.

Le silence qui suivit fut interrompu par un éclat de rire de Sophie.

— C'est tout ce que tu avais à dire ? Tu aurais pu économiser des années à me suivre comme un chiot perdu, lança-t-elle, espiègle.

Julien grogna, mais un sourire vint trahir sa nervosité.

— Eh bien, il fallait bien que tu le remarques un jour.

Alors qu'ils se remettaient de cet échange, Adrien passa près d'eux, un sac de guirlandes à la main. Il s'arrêta, les observant un instant.

— Vous deux, vous allez finir par casser quelque chose avec vos joutes verbales, grogna-t-il.

Sophie éclata de rire.

— Ne t'inquiète pas, Adrien. Julien est robuste. Mais peut-être qu'il pourrait m'inviter à dîner un de ces jours, histoire de m'épargner ses maladresses à la boutique.

Julien, bien que pris au dépourvu, hocha la tête.

— Avec plaisir, répondit-il, son sourire plus assuré cette fois.

Sophie, ravie de l'avoir pris au mot, lui donna une petite tape sur l'épaule.

— Allez, va donc ranger ces guirlandes. Et prépare-toi, je choisis le restaurant.

CHAPITRE 40

Le calme matinal du village fut rompu par l'arrivée tonitruante de Sophie dans la librairie. Elle tenait un journal roulé comme une arme et le claqua sur le comptoir devant Célia, faisant sursauter cette dernière qui sirotait tranquillement son café.

— Félicitations, tu es officiellement la criminelle la plus célèbre du village ! annonça Sophie, les yeux brillant de sarcasme.

Célia, interloquée, haussa un sourcil avant de déplier le journal. La une affichait en gros titre :

« Une bande de malfaiteurs sabote le projet de Monsieur Klein : manipulation ou désespoir ? »

— Eh bien, je suis flattée, murmura-t-elle en parcourant l'article. Tu crois qu'ils vont me donner une plaque pour ça ?

Sophie s'installa en face d'elle, les bras croisés, arborant son expression de meilleure amie protectrice mais exaspérée.

— Très drôle. Lis le paragraphe sur toi. Ils disent que tu es une agitatrice qui manipule les habitants contre le pauvre Monsieur Klein.

Célia roula des yeux avant de lire à voix haute :

— « Une libraire sans expérience des affaires s'autoproclame porte-parole du village pour des raisons qui restent floues. » Agréable. Et Victor ?

Sophie pointa du doigt un encadré.

— Lui, c'est encore mieux. « Un journaliste raté à la recherche d'un dernier moment de gloire.»

— Charmant, commenta Célia en refermant le journal. Et Klein ?

— Oh, lui, c'est le sauveur du village, bien sûr. « Un homme visionnaire tentant de résoudre les problèmes économiques d'un village stagnant. »

La porte s'ouvrit à la volée, laissant entrer le maire, visiblement stressé. Il épongea son front avec un mouchoir avant de se tourner vers les deux femmes.

— On a un gros problème. Klein a engagé des avocats. Des requins. Ils veulent faire annuler toutes nos démarches pour protéger les terrains autour de la mine.

— Et c'est tout ? demanda Célia en plissant les yeux.

Le maire soupira bruyamment.

— Non, malheureusement. Klein diffuse aussi des rumeurs pour diviser le village. Certains commencent à penser très sérieusement qu'ils devraient vendre leurs terrains tant qu'ils le peuvent.

Pendant ce temps, Adrien était occupé à réparer une cabane pour le marché de Noël lorsque quelque chose attira son attention. Une camionnette était garée à l'écart, près de l'entrepôt où les lingots étaient entreposés. Deux hommes en descendirent discrètement, regardant autour d'eux avant de s'approcher de la porte.

Adrien plissa les yeux. Leur comportement lui parut suspect. Il posa son marteau et les suivit discrètement, son cœur battant plus vite qu'il ne l'aurait voulu. Les hommes commencèrent à forcer la serrure avec des outils.

— Non, mais c'est une blague, murmura-t-il en regardant autour de lui pour trouver une solution.

Son regard tomba sur un seau de peinture posé à proximité, probablement laissé là par un des ouvriers du marché. Avec un sourire presque machiavélique, il saisit le seau, se faufila jusqu'à une position stratégique, et, d'un geste maladroit mais efficace, le balança.

La peinture vola dans les airs et s'éclaboussa directement sur le premier homme, qui poussa un cri de surprise avant de glisser sur le sol mouillé. Ses jambes s'élevèrent comiquement avant qu'il ne retombe avec fracas.

— Mais c'est quoi, ça ? hurla-t-il.

Le deuxième homme, furieux, se tourna vers Adrien, les poings serrés.

— Tu veux quoi, toi ?

Adrien, un peu moins confiant maintenant, attrapa un marteau qui traînait près de lui et le pointa dans leur direction comme une épée improvisée.

— Vous ne bougez pas d'ici ! cria-t-il, sa voix trahissant un mélange de peur et de détermination.

L'un des hommes tenta de se relever, mais ses chaussures glissèrent à nouveau sur la peinture. Adrien profita de l'hilarité involontaire de la scène pour sortir son téléphone et appeler Victor et Célia.

Quelques minutes plus tard, la librairie entière était en effervescence alors que Victor, Célia et Raymond arrivaient sur les lieux. Ensemble, ils parvinrent à mettre les intrus en fuite, mais pas sans laisser une traînée de peinture multicolore qui faisait penser à une piste de crime de dessin animé.

De retour à la librairie, Sophie ne put s'empêcher de tourner Adrien en dérision.

— Alors, c'est officiel. Nous avons notre Batman local. Adrien, l'homme à la truelle !

Adrien, toujours couvert de taches de peinture, grogna.

— La prochaine fois, je les laisse prendre les lingots et je te regarde gérer, dit-il en croisant les bras.

Victor, amusé, ajouta :

— Pour être honnête, tu t'es mieux débrouillé que je ne l'aurais cru. Mais peut-être qu'un peu d'entraînement au combat ne te ferait pas de mal.

Adrien leva les yeux au ciel mais esquissa un sourire discret, visiblement fier de son exploit.

Sophie, en riant, ajouta :

— Tu sais quoi ? Si tout ça ne marche pas, je te recrute pour le calendrier des héros du village.

— Pas question, marmonna Adrien, mais son ton manquait de conviction.

Alors que le groupe discutait des prochains événements, Raymond entra, agitant un dossier.

— J'ai des infos sur les avocats de Klein, dit-il. Apparemment, ils ont un passé douteux. On pourrait creuser dans cette direction.

Sophie, toujours pleine d'idées saugrenues, ajouta :

— Ou alors, on fait un calendrier avec Adrien en tenue de chantier. Ça rapporterait de l'argent pour contrer Klein.

Adrien, exaspéré, leva les mains.

— Vous plaisantez, j'espère.

— Absolument pas, dit Sophie avec un sourire.

Le groupe éclata de rire, mais la tension monta lorsque Victor montra une lettre anonyme qui avait dû être glissée sous la porte de la librairie alors qu'ils faisaient fuir les voleurs. Elle était courte mais explicite :

« *Arrêtez de fouiner, ou vous le regretterez.* »

Alors que le groupe discutait de la prochaine étape, Célia prit une profonde inspiration et se tourna vers Victor.

— On ne peut pas reculer maintenant. Klein pense qu'il peut nous intimider, mais il se trompe.

Victor hocha la tête, un sourire approbateur aux lèvres.

— Alors préparons notre contre-attaque.

CHAPITRE 41

Le matin, la place du village était animée comme à son habitude, mais l'atmosphère était lourde. Les habitants discutaient par petits groupes, la mine sombre, échangeant des rumeurs sur les dernières actions de Klein. Les travaux prévus pour détruire une partie du village avaient fait grincer des dents, mais personne ne semblait savoir comment réagir.

Dans un coin de la place, près d'un stand de vin chaud, Mme Rousseau faisait preuve d'une grande éloquence. Elle racontait à qui voulait l'entendre comment la mine avait été le pilier du village. Non loin, Julien bavardait avec un commerçant tout en jonglant maladroitement avec une miche de pain et un plateau de croissants. La vie du village semblait presque normale, mais le malaise était palpable.

Soudain, Sophie fit une entrée remarquée, un énorme sac à dos sur les épaules et une détermination visible dans son regard. Elle se planta au milieu de la place et leva les bras pour attirer l'attention.

— Assez parlé dans votre coin, on va faire bouger les choses ! Tout le monde à la librairie ce soir, et pas d'excuses !

Les discussions cessèrent progressivement alors que les habitants se tournaient vers elle, certains curieux, d'autres sceptiques. Une vieille dame leva la main pour poser une question.

— Même pour le bingo ?

Sophie, sans se laisser décontenancer, répliqua avec un sourire triomphant :

— Surtout pour le bingo ! Vous pouvez marquer ça comme votre action citoyenne du jour.

Les rires fusèrent, et peu à peu, les habitants semblèrent adhérer à l'idée. Julien, qui avait observé la scène en silence, s'approcha de Sophie.

— Tu crois vraiment que tout le monde va venir ?

— Bien sûr, répondit-elle avec confiance. Les gens adorent se plaindre, mais ce qu'ils aiment encore plus, c'est sentir qu'ils font partie de quelque chose.

Elle se tourna vers Célia, qui venait d'arriver avec Victor.

— Et toi, Madame la libraire, prépare-toi. Ce soir, c'est toi la vedette.

Célia roula des yeux mais ne put s'empêcher de sourire.

— Si tu crois que je vais te laisser tout diriger sans moi, tu te trompes.

Victor, amusé, ajouta :

— Une librairie pleine de villageois agacés, des cookies, et un discours improvisé. Ça promet.

Le soir même, la librairie de Célia était pleine à craquer. Des chaises avaient été empruntées à la salle des fêtes voisine, mais beaucoup de gens restaient debout, serrés entre les rayons de livres. Sophie avait été fidèle à sa promesse et avait apporté plusieurs plateaux de cookies, qui circulaient parmi les habitants.

Mais l'atmosphère était tendue. Les voix s'élevaient ici et là, chacun ayant son opinion sur la meilleure façon de contrer Klein.

— Si on bloque les machines, il devra reculer, dit un jeune homme.

— Et finir avec des amendes ou pire ? Non merci, répondit un autre.

Adrien, debout près de la porte, essaya d'intervenir.

— On doit rester unis. Ce genre de division, c'est exactement ce que Klein espère.

Sa tentative de calmer les esprits fut rapidement noyée sous un flot de disputes.

Le brouhaha dans la librairie atteignait des sommets. Les habitants, massés entre les rayons, débattaient bruyamment sur la meilleure marche à suivre. Célia, debout près de la fenêtre, observait la scène avec un sentiment grandissant de désarroi. Elle serrait sa tasse de thé entre ses mains, tentant de se convaincre qu'elle n'avait rien à ajouter à ce chaos.

Victor s'approcha discrètement d'elle, ses mains enfoncées dans les poches de sa veste. Il resta un instant silencieux, observant les lignes de tension sur son visage. Puis, d'une voix basse mais ferme, il murmura :

— Tu sais qu'ils attendent quelque chose de toi.

Célia tourna la tête vers lui, les yeux remplis de doute.

— Quoi ? Moi ? Non. Regarde-les, ils ont tous des idées, des opinions. Je suis juste... moi. Une libraire. Rien de plus.

Victor se mit en face d'elle, la forçant à le regarder.

— Arrête. Tu es bien plus que ça. C'est toi qui les as réunis. C'est toi qui as vu ce que Klein essayait de faire avant tout le monde. Et tu es celle qui a eu le courage de défendre ce village, même quand personne ne t'écoutait.

Il fit une pause, cherchant ses mots.

— Ils ont besoin d'espoir. Ils ont besoin de quelqu'un qui croit en eux, parce que pour l'instant, ils ne croient pas assez en eux-mêmes. Et cette personne, Célia, c'est toi.

Elle baissa les yeux, sentant une chaleur monter à ses joues. Sa voix était à peine audible.

— Et si je n'y arrive pas ?

Victor esquissa un sourire, à la fois doux et encourageant.

— Tu y arriveras. Parce que tu es la personne la plus déterminée que je connaisse. Et si tu doutes encore, regarde autour de toi. Tout le monde est ici grâce à toi.

Prenant une profonde inspiration, Célia hocha la tête. Elle posa sa tasse sur une étagère proche, se tourna vers la foule et s'avança d'un pas sûr. Son regard balaya la pièce, et elle leva la main pour demander le silence.

— Ça suffit !

Les voix s'éteignirent progressivement, jusqu'à ce que la librairie soit plongée dans un silence tendu. Tous les regards se tournèrent vers elle. Elle inspira à nouveau, son cœur battant la chamade, puis prit la parole.

— Je sais que vous êtes en colère. Moi aussi. Ce que Klein fait ici, c'est... injuste. Il voit notre village comme un simple projet à rentabiliser. Mais pour nous, ce village est bien plus. Ce sont nos souvenirs, nos familles, nos traditions. Le marché de Noël, les chalets, la mine... Tout ça fait partie de notre identité.

Elle fit une pause, cherchant les mots justes.

— Mais si nous voulons l'arrêter, nous devons rester unis. Nous ne pouvons pas laisser nos désaccords nous affaiblir. Ce soir, je vous demande de croire en quelque chose de plus grand que vous-mêmes : ce village. Et ensemble, nous allons montrer à Klein que nous ne sommes pas des gens qu'il peut balayer d'un revers de main.

Un murmure d'approbation parcourut la pièce. Cependant, certains habitants restaient sceptiques. Une commerçante leva timidement la main.

— Je ne suis pas sûre que ça suffira... Si les travaux commencent, ma boutique sera en plein chantier. Je ne vois pas comment je pourrais continuer à travailler dans ces conditions.

Célia s'approcha d'elle et posa une main rassurante sur son épaule.

— Votre boutique est un pilier du marché de Noël. Vous avez vu combien de gens s'arrêtent pour acheter vos confitures. Klein veut briser ça, mais si nous restons soudés, il ne pourra rien faire.

Une famille à l'arrière de la pièce prit la parole. Le père semblait nerveux.

— Klein nous a proposé de racheter notre terrain pour un bon prix. Je... je ne savais pas que ça toucherait tout le village. Il a promis qu'il ne ferait que moderniser.

Madame Rousseau, indignée, se tourna vers eux.

— Moderniser ? Il vous manipule. Ce qu'il veut, c'est effacer nos racines pour ses profits. Pensez à vos enfants. Vous voulez qu'ils grandissent dans un endroit sans âme ?

Un garçonnet, tenant la main de sa mère, regarda autour de lui avec des yeux grands ouverts.

— Il va détruire Noël ? murmura-t-il.

L'émotion monta dans la salle. Sophie, voyant les larmes dans les yeux de plusieurs habitants, intervint avec son énergie habituelle pour redonner un peu de légèreté.

— Bon, assez de larmes pour ce soir. On a une pétition à préparer ! Et je veux que tout le monde porte un bonnet de Noël pour attirer l'attention.

Adrien grogna en croisant les bras.

— Pas question que je porte ce truc.

Sophie lui lança un regard de défi en lui tendant un bonnet rouge avec un pompon blanc.

— Oh, si, monsieur l'homme à la truelle. Et vous allez sourire pour la photo.

Adrien enfila le bonnet, visiblement trop petit, et marmonna :

— Je ne souris pas, c'est tout.

Julien, déjà en train de noter des idées pour la photo, leva la main comme à l'école.

— J'ai un slogan ! « Pour la mine et le vin chaud ! »

Sophie secoua la tête en riant.

— Non, Julien. « Pour la mine et le futur. » Mais on garde le vin chaud en bonus !

Les rires détendirent l'atmosphère, et bientôt, les habitants commencèrent à s'organiser activement.

Alors que les habitants se dispersaient, galvanisés par leur plan, Victor s'approcha de Célia, un sourire aux lèvres.

— Je te l'avais dit, murmura-t-il. Tu es bien plus qu'une simple libraire.

Célia sentit une chaleur lui monter aux joues, mais elle haussa les épaules avec un sourire modeste.

— Peut-être. Mais on n'est pas encore sortis d'affaire.

Il hocha la tête, ses yeux brillants de détermination.

— Non, mais on est sur le bon chemin.

Et tandis que la librairie se vidait peu à peu, un sentiment d'espoir naissait parmi les habitants. Pour la première fois depuis longtemps, ils avaient l'impression que leur village pouvait encore être sauvé.

CHAPITRE 42

Le jour de la grande confrontation avec Klein, la librairie de Célia était plongée dans un silence tendu. Le soleil peinait à percer les lourds nuages hivernaux, projetant une lumière grise sur les piles de livres soigneusement ordonnées. Célia, assise à son bureau, fixait une feuille de papier devant elle. Quelques notes griffonnées gisaient dans un coin, mais rien ne ressemblait à un discours cohérent.

Victor était adossé à une étagère, sa tasse de café encore chaude oubliée dans sa main. Il regardait Célia en silence, l'air pensif. Après un instant, il se redressa, traversa la pièce et posa la tasse sur le bureau, effleurant les notes éparpillées d'un geste presque distrait. Puis, il leva les yeux vers elle, son regard parlant plus que ses mots.

— Tu es prête ? demanda-t-il doucement.

Célia releva la tête, ses yeux trahissant son incertitude.

— Prête ? Pas vraiment. J'ai l'impression que tout repose sur moi, mais je ne suis pas faite pour ça, Victor.

Il s'accroupit à côté d'elle, posant une main rassurante sur le bord de la chaise.

— Tu n'es peut-être pas une meneuse née, mais regarde ce que tu as accompli. Tu as rassemblé ce village. Tu as convaincu des gens qui n'étaient jamais d'accord sur rien de travailler ensemble. Tu as découvert des choses que personne n'avait remarquées depuis des années. Tout ça, c'est grâce à toi.

Elle détourna les yeux, cherchant un moyen de protester, mais il continua :

— Klein ne s'attend pas à ce qu'on se présente avec des preuves solides et une communauté unie. Il pense qu'il a déjà gagné, mais c'est toi qui as l'atout qu'il ne verra pas venir.

Célia hocha lentement la tête, inspirant profondément.

— Et si je bafouille ?

Victor sourit.

— Alors Sophie couvrira pour toi avec l'une de ses remarques imprévisibles. Elle guette ce genre d'occasions, tu le sais.

À croire qu'elle avait entendu, Sophie débarqua à cet instant précis dans la librairie, un plateau chargé de tasses de café tenu d'une main comme si elle était sur le point de passer à « Incroyable Talent. »

— Je ne vous dérange pas, j'espère ? lança-t-elle, un sourire en coin. Juste un petit café pour alimenter vos géniales idées… ou vos drames.

Célia laissa échapper un rire nerveux.

— Sophie, c'est exactement pour ça qu'on t'adore.

Elle haussa les épaules, son sourire espiègle ne quittant pas ses lèvres.

— D'ailleurs, sachez que je suis toujours disponible pour une punchline mémorable si besoin.

Alors que les trois riaient doucement, Adrien fit son entrée, grognon comme à son habitude. Il portait encore son bonnet de Noël rouge, bien que le pompon soit légèrement de travers.

— Vous savez que c'est une réunion importante, pas une fête de fin d'année ? lança-t-il, tout en s'installant sur une chaise.

Sophie le regarda avec une expression exagérément sérieuse.

— Et toi, tu sais que tu ressembles à un lutin grincheux avec ce bonnet, non ?

Adrien grogna mais ne fit pas mine de l'enlever.

— Je ne l'enlève pas. C'est un porte-bonheur maintenant.

Victor haussa un sourcil, amusé.

— Depuis quand tu crois à ce genre de choses ?

Adrien haussa les épaules, l'air boudeur.

— Depuis que ce truc m'a porté chance la dernière fois. Alors, vous allez arrêter de me harceler, oui ?

Sophie éclata de rire et tendit une tasse de café à Adrien.

— Très bien, monsieur le porte-bonheur. Mais si ça ne marche pas, je dirai que c'est à cause de toi.

Alors que le groupe se préparait à quitter la librairie, Victor posa une main légère sur l'épaule de Célia.

— Souviens-toi, quoi qu'il arrive, on est là. Tu n'es pas seule.

Elle lui adressa un sourire reconnaissant, son cœur un peu plus léger.

La salle de la mairie débordait de monde. Chaque chaise était occupée, et une bonne partie des habitants s'entassaient contre les murs, les bras croisés et le visage fermé. L'air était lourd, comme si la tension allait finir par exploser. Ce n'était pas une réunion ordinaire, et tout le monde le savait.

Au centre de la longue table, le maire semblait au bord de la rupture. Ses doigts tambourinaient nerveusement sur le bois verni, et il lançait des coups d'œil furtifs à la foule, visiblement dépassé.

La porte s'ouvrit brusquement, attirant instantanément tous les regards. Klein entra, comme s'il avait orchestré son effet. Son sourire mince et condescendant n'arrangeait rien à l'ambiance électrique de la pièce. Son costume, impeccable, semblait presque un affront dans cette salle tendue.

Il traversa la pièce avec une assurance glaciale, tira une chaise au centre de la table et s'assit, délibérément lent, comme s'il savourait chaque seconde. L'atmosphère, déjà pesante, devint presque irrespirable.

— Bien, allons-y, lança-t-il, sa voix calme mais assurée. Ça fait plaisir de voir que vous êtes si nombreux à vouloir parler de l'avenir de ce village.

Un murmure d'agitation parcourut la salle. Sophie, assise à côté de Célia, marmonna à voix basse :

— Il a l'air aussi heureux que moi quand je dois payer mes impôts.

Célia esquissa un sourire nerveux mais ne répondit pas. Victor, debout à quelques pas, observait Klein avec une intensité calculée, attendant le bon moment pour frapper. Le maire tenta de prendre la parole, mais sa voix tremblante fut éclipsée par le promoteur, qui poursuivit :

— Mettons les choses au clair, commença-t-il, son ton ferme tranchant le silence. Toutes ces accusations contre moi ? Ce ne sont que des rumeurs infondées. Je suis ici pour faire avancer ce village, pas pour le démolir. Mes projets vont créer des emplois, moderniser nos infrastructures et garantir un avenir prospère pour tous.

Il était clair que Klein savait jouer de son charisme. Certains habitants semblaient hésiter, mais la majorité des visages restaient fermés, sceptiques. C'est à ce moment que Victor se leva et se dirigea vers la table avec une enveloppe brune.

— Vous parlez d'avenir, Monsieur Klein, mais vos actions prouvent le contraire, dit-il, sa voix claire et assurée. Voici les preuves que vous avez délibérément contourné les protections légales pour accaparer des terrains et tromper les habitants.

Il ouvrit l'enveloppe et en sortit plusieurs documents, qu'il posa sur la table devant le maire. Ce dernier les prit avec des mains tremblantes et commença à les feuilleter sous le regard appuyé de Klein.

Célia se leva à son tour, tenant les feuilles de la pétition signée par une grande partie du village.

— Et voici les signatures des habitants, continua-t-elle, sa voix gagnant en force. Ces gens, vos voisins, s'opposent à vos plans destructeurs. Vous n'avez pas seulement essayé de contourner la loi, vous avez ignoré la volonté de cette communauté.

Un murmure d'approbation monta dans la salle, suivi de quelques applaudissements discrets. Klein, pour la première fois, sembla perdre un peu de sa superbe. Il croisa les bras et s'adossa à sa chaise, un sourire forcé éclairant son visage.

— Des signatures et des vieux papiers... Vous croyez vraiment que ça va suffire à stopper un projet de cette ampleur ? Je bosse avec des avocats aguerris, et je peux vous garantir que tout ce que je fais est parfaitement dans les règles.

Victor ne se laissa pas intimider.

— Peut-être, mais ça ne fait pas de vous un homme honnête. Ces documents du coffre montrent clairement que vous saviez depuis le début que ces terrains étaient protégés. Vous avez ignoré les lois et manipulé les habitants pour servir vos intérêts.

Le silence qui suivit était presque assourdissant. Les habitants, jusqu'alors partagés entre colère et désespoir, semblaient maintenant résolus. Klein, pourtant acculé, esquissa un sourire glacial.

— Nous verrons bien ce que disent mes avocats, conclut-il d'une voix tranchante.

Le maire, retrouvant un peu de son autorité, se redressa.

La tension dans la salle monta d'un cran lorsque la porte s'ouvrit brusquement. Raymond entra, son uniforme impeccablement boutonné, tenant un dossier en main. Habituellement connu pour son air maladroit, il arborait cette fois un visage sérieux qui imposait le respect. Tous les regards se tournèrent vers lui.

— Mesdames et messieurs, dit-il en se dirigeant vers la table principale, j'ai des nouvelles qui pourraient clore ce débat une bonne fois pour toutes.

Il posa le dossier avec un bruit sourd devant le maire, qui sembla presque soulagé d'avoir un allié inattendu. Raymond ouvrit le dossier et en tira plusieurs documents.

— Ces documents, retrouvés dans le coffre de la mine, ont été analysés par des experts. Ils contiennent une charte communautaire qui établit clairement les droits des habitants sur ces terrains, ainsi qu'une carte de protection environnementale validée par les autorités régionales.

Un murmure parcourut la salle, les habitants se penchant pour tenter d'apercevoir les documents. Klein, toujours assis, croisa les bras, son sourire condescendant toujours présent.

— Vous pensez réellement qu'un vieux morceau de papier va m'empêcher de continuer mes projets ? demanda-t-il avec une arrogance évidente.

Raymond, impassible, planta son regard dans celui de Klein.

— Ce n'est pas un vieux morceau de papier, Monsieur Klein, dit-il lentement, chaque mot pesant comme un coup de marteau. C'est une charte légalement reconnue. Vous êtes fini.

Les habitants se regardèrent, leurs expressions passant de la surprise à une satisfaction mal dissimulée. Klein, quant à lui, perdit brièvement son masque de calme, un tic nerveux apparaissant au coin de sa bouche. Mais il tenta de se ressaisir rapidement.

— Je... je consulterai mes avocats, répliqua-t-il, bien que sa voix ait perdu de son assurance.

Raymond croisa les bras, comme pour signaler qu'il n'avait plus rien à dire. La salle, elle, semblait sur le point d'exploser d'excitation et de soulagement. Le policier n'avait pourtant pas fini. Il se tourna lentement vers Klein, son regard perçant trahissant une détermination nouvelle.

— Mais ce n'est pas tout, monsieur Klein, reprit-il d'une voix ferme. Pendant que nous examinions vos agissements liés à la mine, d'autres irrégularités ont émergé. Fraudes financières, transactions illégales... Vous avez manipulé plus d'une communauté comme celle-ci pour servir vos propres intérêts.

Le promoteur se leva brusquement, son visage rougi par la colère.

— Ces accusations sont absurdes ! Vous n'avez aucune preuve !

Raymond resta imperturbable, tendant un autre dossier épais vers le maire.

— Voici les preuves. Des virements suspects, des contrats falsifiés, et des témoignages d'autres villages que vous avez ruinés. Vous ne pourrez pas fuir cette fois-ci.

Le maire, après un moment de stupeur, se redressa et acquiesça. Il attrapa son téléphone posé sur la table et composa un numéro.

— Nous allons régler cela immédiatement, dit-il avec autorité. Les forces de l'ordre arrivent dans quelques minutes.

Un silence tendu s'installa, mais Sophie, fidèle à elle-même, ne put s'empêcher de chuchoter à Adrien, assez fort pour que quelques voisins proches l'entendent :

— Tu crois qu'il va pleurer ?

Adrien, adossé au mur, croisa les bras avec un sourire en coin.

— S'il pleure, je paie une tournée.

Quelques rires étouffés éclatèrent, brisant un instant la tension oppressante dans la salle. Le visage de Klein se ferma, et son regard noir balaya la pièce, trahissant une colère sourde. Mais il n'y avait plus d'échappatoire. Quelques minutes plus tard, deux policiers firent leur entrée, saluèrent rapidement Raymond, puis se dirigèrent droit vers Klein, déterminés.

— Monsieur Klein, vous êtes en état d'arrestation pour fraude et abus de confiance, déclara l'un d'eux en lui tendant les menottes.

Klein tenta de protester, mais ses paroles se perdirent dans le brouhaha de la salle. Les habitants applaudirent et acclamèrent, tandis que Klein, menotté, était conduit hors de la pièce. Sophie, toujours à voix basse, ajouta avec un sourire triomphant :

— Bon, pas de pleurs, Adrien. Mais je crois qu'il a transpiré.

Ce dernier hocha la tête, amusé.

— Je suppose que ça compte. La tournée est pour moi.

À peine le promoteur fut-il conduit hors de la salle que les habitants laissèrent éclater leur joie. Les applaudissements retentirent, des accolades spontanées furent échangées, et même les plus réservés se laissèrent emporter par l'euphorie générale.

Madame Rousseau, debout au milieu de l'agitation, leva sa canne avec dignité et déclara solennellement :

— Je savais qu'il ne fallait jamais sous-estimer la force de ce village.

Sa remarque, bien que posée, déclencha une vague de rires et d'approbations. Sophie, toujours prompte à prendre les choses en main, s'empara d'une chaise et se mit à crier pour se faire entendre :

— Tout le monde chez moi ! On a besoin de vin chaud pour célébrer cette victoire comme il se doit !

— Et des cookies ! ajouta Julien, qui semblait déjà anticiper l'ambiance festive.

Quelques instants plus tard, Sophie revint avec une grande marmite fumante qu'elle avait miraculeusement fait apparaître, et Julien, maladroit mais enthousiaste, leva son verre.

— Je... je propose un toast ! À... à la mine ! Et au vin chaud !

Un éclat de rire général salua son intervention, et Sophie, amusée, lui donna une tape sur l'épaule.

— Et au futur, Julien. On trinque au futur.

Les habitants hochèrent la tête, levant leurs verres dans une unité renouvelée. Le bruit des discussions animées remplissait la salle, l'espoir et la camaraderie retrouvés.

Un peu à l'écart de l'agitation, Célia observait la scène, les bras croisés, un sourire léger sur les lèvres. Victor s'approcha, un verre à la main, et lui tendit le sien.

— À toi, dit-il simplement.

Elle le regarda, surprise.

— Moi ? Pourquoi ?

— Parce que sans toi, rien de tout ça n'aurait été possible. Ton courage, ta ténacité… C'est toi qui as montré la voie à tout le monde.

Célia sentit ses joues s'empourprer. Elle baissa les yeux, jouant nerveusement avec son verre.

— Je n'ai fait que suivre mon instinct. Et parfois, il m'a menée dans des situations… disons, compliquées.

Victor rit doucement.

— Peut-être. Mais ça fait de toi une héroïne.

Elle leva les yeux vers lui, une lueur malicieuse dans le regard.

— Si on continue comme ça, je vais finir par croire que je suis une héroïne de roman.

Il répondit avec un sourire sincère, son regard plongé dans le sien.

— Peut-être que tu l'es.

Un instant de silence s'installa entre eux, chargé de cette tension subtile qu'ils partageaient depuis un moment. Célia, toujours hésitante, brisa le moment en plaisantant :

— Bon, si je suis une héroïne, j'espère qu'il y aura au moins un happy end.

Victor haussa un sourcil, son sourire se faisant plus large.

— Ça dépend. Tu préfères quoi ? Une fin à suspense ou un baiser sous la neige ?

Ils rirent tous les deux, et Célia sentit pour la première fois depuis longtemps que l'avenir n'était pas aussi incertain qu'elle l'avait cru.

CHAPITRE 43

Le lendemain matin, la mairie était animée par un petit groupe d'habitants à l'air fatigué mais attentif. Les festivités de la veille avaient laissé des traces : cernes marqués, bâillements à peine dissimulés, et des tasses de café qui tournaient de main en main comme des trésors. Mais Raymond, fidèle à lui-même, affichait une énergie surprenante, prêt à entrer en scène.

Debout près d'un tableau couvert de photos et de notes griffonnées, il ajusta son uniforme avec un sérieux exagéré, inspira profondément et, d'un ton théâtral, lança :

— Mesdames et messieurs, après une enquête rigoureuse et des analyses approfondies, il est temps de mettre fin au suspense. La vérité sur la mort de Monsieur Lemoine est enfin révélée. Comme je l'ai dit dès le début : c'était un accident.

Un silence suivit, ponctué par un raclement de gorge discret au fond de la salle, tandis que certains levaient un sourcil, visiblement peu convaincus par ce dénouement.

— Ce tapis, très dangereux, a été la vraie arme du crime. Monsieur Lemoine a glissé, ce qui a entraîné sa chute fatale.

Sophie, assise à côté de Célia, se pencha pour chuchoter à son amie, un sourire malicieux aux lèvres :

— Tu crois qu'il va recommander une enquête sur tous les tapis du village maintenant ?

Célia étouffa un rire derrière sa main, tandis qu'Adrien, adossé à un mur au fond de la pièce, grogna légèrement.

— Enfin, je peux retirer ce bonnet de lutin, marmonna-t-il. Je commençais à avoir des doutes sur ma propre innocence.

Son commentaire fit éclater de rire une partie de l'assistance, ce qui sembla agacer légèrement Raymond, qui tapota son tableau pour ramener l'attention sur lui.

— Je sais que cela peut sembler banal, mais chaque détail compte dans une enquête, dit-il, le ton sérieux. Et ce tapis, bien qu'inoffensif en apparence, a causé un enchaînement de circonstances tragiques.

Le maire, qui semblait à moitié endormi, tenta d'applaudir faiblement avant de s'interrompre pour bâiller.

Adrien, visiblement mal à l'aise d'avoir encore l'attention tournée vers lui, se racla la gorge.

— Bon, puisque tout le monde semble vouloir les détails... Je suis passé chez Lemoine ce soir-là pour lui rendre un outil qu'il m'avait prêté. Vous savez comment il était, toujours à prêter des trucs mais jamais satisfait. Bref, quand je suis arrivé, il était déjà énervé.

Il fit une pause, regardant les visages attentifs autour de lui avant de continuer.

— On s'est disputés. Je voulais juste parler des terrains, essayer de le convaincre de ne pas les vendre à Klein. Mais il m'a mal compris. Il pensait que j'essayais de le menacer ou de le forcer à changer d'avis. Alors, il a reculé, un peu trop vite, et…

Adrien haussa les épaules, visiblement dérangé par les souvenirs.

— Il a glissé sur ce fichu tapis. Je n'ai pas eu le temps de réagir. Il est tombé avant que je puisse dire quoi que ce soit.

Un silence pesant s'installa dans la pièce. Célia le rompit doucement.

— Et tu n'as rien dit parce que tu pensais que les gens allaient te soupçonner…

Adrien hocha la tête, les yeux baissés.

— Exactement. Mais je suis content que tout soit enfin clair.

Malgré son air bougon habituel, Adrien esquissa un sourire timide.

— Je suis soulagé, vraiment. Et… je suppose que je peux aider à reconstruire tout ce que Klein a essayé de détruire. Peut-être fabriquer des chalets pour le marché de Noël ?

Sophie, toujours vive d'esprit, ne put s'empêcher de ricaner.

— Et peut-être une plaque commémorative pour « Le tapis le plus meurtrier du village », non ?

Des rires éclatèrent dans la salle, même de la part d'Adrien, qui secoua la tête en grognant.

Célia resta figée un instant, perdue dans ses pensées. Autour d'elle, les habitants riaient et semblaient enfin respirer à nouveau, comme si le village avait lâché un gros soupir collectif. Elle les observa un à un, notant au passage que même Madame Rousseau, d'habitude si sévère, esquissait un sourire. Un signe de miracle, pensa-t-elle avec un petit rire intérieur.

Tout avait commencé par une intuition, une impression étrange que la mort de Monsieur Lemoine n'était pas si simple. Finalement, pas de meurtre, mais une découverte bien plus folle : un trésor, un village sauvé, et des habitants qui ne se sautaient plus à la gorge. Qui aurait cru qu'elle finirait par jouer à l'héroïne de roman policier ? Peut-être que tout ça valait bien quelques nuits blanches et une ou deux écharpes oubliées sous la pluie.

Un sourire amusé effleura ses lèvres alors qu'elle jetait un regard vers Victor. Il semblait lui aussi perdu dans ses pensées, ou peut-être simplement fasciné par une tache sur la table. Elle sentit une vague de gratitude la submerger. À deux, les choses avaient été un peu moins folles. Enfin, presque.

La salle se vidait peu à peu, les derniers habitants s'éclipsant avec des éclats de rire. Restés seuls, Célia et Victor s'assirent sur un banc près de la fenêtre. Dehors, les premières étoiles pointaient dans un ciel glacial.

— Tu devrais être fière, dit Victor en brisant le silence. Tout ce qui s'est passé, tout ce qu'on a accompli, c'est grâce à toi.

Célia secoua la tête avec un sourire timide.

— J'ai surtout imaginé un meurtre qui n'existait pas. Sans cette obsession, on aurait peut-être évité beaucoup de détours.

Victor lui adressa un regard chaleureux, empreint d'admiration.

— Parfois, il faut voir les choses différemment pour arriver à la vérité. Sans toi, rien de tout ça ne serait arrivé. Ton instinct a permis de révéler bien plus qu'on n'aurait osé imaginer.

Célia rougit légèrement, baissant les yeux vers ses mains croisées sur ses genoux.

— Peut-être que j'aurais dû être enquêtrice, plaisanta-t-elle. Mais honnêtement, je suis contente que ce soit fini. Le village est sauvé, et je vais pouvoir retourner à mes livres.

Victor esquissa un sourire en coin.

— Et ranger tes rayons, bien sûr. Tu es sûre que tu ne veux pas écrire un livre sur tout ça ?

Elle le regarda, intriguée.

— Un livre ?

— Pourquoi pas ? Il y a une grande histoire ici. Suspense, mystère, des personnages hauts en couleur... Et une héroïne un peu maladroite mais brillante.

Célia rit doucement, touchée par ses mots.

— Et toi ? Qu'est-ce que tu ferais ?

Victor haussa les épaules, son regard se perdant un instant dans les ombres de la pièce.

— Peut-être que je resterais un peu plus longtemps ici. Il y a des histoires qu'on n'a pas encore finies de raconter.

Un silence complice s'installa entre eux, et Célia sentit une chaleur nouvelle la gagner. Pas celle du poêle, mais quelque chose d'un peu plus gênant à avouer. Ça faisait un moment qu'elle n'avait pas ressenti ça... ou quoi que ce soit qui ne soit pas du stress pur et dur.

Quelques heures plus tard, tout le village s'était donné rendez-vous devant la boulangerie de Sophie, devenue le centre de toutes les festivités, comme toujours. Une grande table avait été installée, croulant sous une marmite de chocolat chaud qui fumait joyeusement et des montagnes de biscuits de Noël si impeccables qu'on aurait cru un concours télévisé.

Sophie, fidèle à elle-même, fit tinter son verre pour capter l'attention. Un sourire éclatant aux lèvres, elle leva son chocolat chaud comme si c'était une coupe de champagne.

— Avant que tout le monde ne se jette sur les biscuits, je veux dire quelque chose. En l'honneur de notre héros involontaire, Adrien, je propose de nommer notre prochain gâteau de Noël : le tapis glissant !

Des rires fusèrent de tous côtés, et Adrien accepta les applaudissements avec un sourire discret.

— Je vote pour, intervint Julien. Mais seulement s'il y a du chocolat dedans.

Madame Rousseau, debout avec sa canne, s'avança lentement, imposant le respect par sa seule présence.

— Ce que nous avons vécu ici restera dans l'histoire de notre village. Pas seulement pour le trésor ou les épreuves, mais pour la solidarité que nous avons retrouvée. N'oubliez jamais que ce qui nous unit est plus fort que tout.

CHAPITRE 44

Adrien, comme à son habitude, était plongé dans un travail manuel d'une précision presque obsessionnelle. Devant lui, un immense sapin de bois prenait forme, chaque planche soigneusement taillée et fixée à l'aide de clous parfaitement alignés. Son visage concentré portait une expression de bougonnerie caractéristique, bien que ses gestes soient empreints d'une maîtrise impressionnante.

Autour de lui, un groupe d'enfants regardait avec fascination. Certains osaient s'approcher timidement, armés de pinceaux et de pots de peinture, espérant pouvoir participer à ce projet titanesque.

— Monsieur Adrien, est-ce qu'on peut peindre les étoiles en rose ? demanda une petite fille en levant un pot de peinture rose bonbon.

Adrien, levant les yeux au ciel comme s'il invoquait une patience divine, grogna avant de répondre :

— Rose ? Tu veux qu'on transforme ça en maison de poupée ?

Un silence gêné s'installa, mais Sophie, qui observait la scène à quelques pas, éclata de rire et s'avança.

— Allez, Adrien, un peu de rose n'a jamais tué personne, lança-t-elle avec un sourire taquin...

Il roula des yeux mais ne put réprimer un léger sourire.

— Très bien, mais une étoile. Une seule. Et pas de cœurs, prévint-il en pointant un doigt menaçant vers les enfants.

Les petits éclatèrent de rire et se précipitèrent pour commencer à peindre, bien que leur enthousiasme débordant provoquât quelques éclaboussures imprévues. L'un d'eux renversa presque un pot de peinture jaune sur les chaussures d'Adrien, qui grogna à nouveau, provoquant un nouveau fou rire collectif.

— C'est un miracle que ce sapin tienne debout avec tout ce chaos, marmonna-t-il.

Madame Rousseau, qui passait par là avec sa canne et un panier rempli de biscuits, s'arrêta pour admirer le travail.

— Vous savez, Adrien, ce sapin sera le cœur de notre marché de Noël. Votre talent n'a d'égal que votre capacité à râler, dit-elle avec un sourire complice.

Le menuisier, touché malgré lui, hocha la tête en signe de remerciement, puis se remit au travail. Les rires des enfants, mêlés aux commentaires moqueurs mais bienveillants des adultes, remplissaient l'air d'une chaleur nouvelle, annonçant que ce marché de Noël allait être inoubliable.

Pendant ce temps, une effervescence discrète s'emparait du village. Sous la direction avisée de Madame Rousseau, les habitants s'étaient organisés pour orchestrer une surprise d'envergure : la reconstruction du marché de Noël, plus grandiose que jamais, dédiée à Victor et Célia pour les remercier de leurs efforts.

La vieille dame, une lueur de malice dans les yeux, coordonnait tout depuis son salon transformé en quartier général. Sophie, fidèle à elle-même, supervisait la décoration, galvanisant les troupes avec son énergie débordante.

— Julien, je t'ai dit de vérifier les ampoules des guirlandes, pas de les emmêler davantage ! s'exclama Sophie en levant les bras au ciel.

Ce dernier, coincé au milieu d'un tas de fils électriques, haussa les épaules avec un sourire contrit.

— Je pensais qu'un peu de chaos ajouterait du charme.

— Et moi, je pensais que tu savais gérer une guirlande, répliqua-t-elle en riant.

Les habitants repeignaient les stands avec des couleurs vives, ajoutant des touches d'or et d'argent pour capturer l'esprit des fêtes. Les enfants créaient des décorations faites main : des étoiles en carton pailleté, des guirlandes de popcorn et des petits personnages en bois. Le grand sapin d'Adrien trônait au centre, majestueux, décoré de boules anciennes prêtées par les familles du village.

Madame Rousseau passa en revue les avancées, sa canne frappant doucement le sol en cadence.

— N'oubliez pas de bien aligner les chalets. Et la musique, est-ce que quelqu'un s'occupe des haut-parleurs ? demanda-t-elle avec autorité.

Un jeune homme leva timidement la main.

— Oui, madame, tout sera prêt pour ce soir.

La tombée de la nuit ajouta une magie particulière. Des guirlandes lumineuses, accrochées d'un bout à l'autre de la place, scintillaient comme des étoiles. Le marché brillait de mille feux, et l'odeur de cannelle, de vin chaud et de biscuits fraîchement cuits enveloppait les rues.

Les habitants, un sourire complice sur le visage, attendaient impatiemment l'arrivée de Victor et Célia, espérant capturer leur réaction face à cette surprise soigneusement orchestrée.

Ils avaient été conviés sous un prétexte innocent : une soi-disant réunion pour discuter des projets futurs du village. En chemin, Célia, méfiante, s'était interrogée sur l'absence habituelle de Sophie, mais Victor avait éludé ses questions en plaisantant.

Quand ils arrivèrent sur la place centrale, un spectacle magique les attendait. Le marché de Noël illuminé était plus grandiose que jamais. Les chalets repeints avaient fière allure, le grand sapin d'Adrien trônait majestueusement au centre, et une douce musique festive emplissait l'air.

Dès que Célia et Victor posèrent le pied sur la place, des applaudissements chaleureux éclatèrent. Les habitants, regroupés autour des chalets, acclamaient avec enthousiasme les deux héros de cette aventure. Célia, submergée par l'émotion, porta une main tremblante à sa bouche. Elle n'arrivait pas à trouver ses mots.

Victor, plus réservé, observait la scène avec un sourire discret. Ses yeux, brillants de gratitude, trahissaient l'émotion qu'il tentait de cacher.

— C'est... magnifique, murmura finalement Célia, ses larmes menaçant de couler.

Sophie arriva en courant, un plateau de petites tartelettes dans les mains.

— Vous êtes surpris, hein ? Pas de discours pour l'instant, profitez juste, dit-elle avec un clin d'œil.

Adrien, toujours un peu grognon mais visiblement fier, se tenait près du sapin de bois qu'il avait fabriqué.

— Alors, ça vous va ? demanda-t-il d'un ton bourru. J'ai mis tout mon talent là-dedans.

Julien, de son côté, monta maladroitement sur une petite estrade improvisée. Il éclaircit sa voix avant de prendre la parole.

— Bonsoir à tous. Je... hum... je voulais juste dire merci. Merci à Célia et Victor pour... pour tout ce que vous avez fait. Et merci à tout le monde ici. Sans vous, ce marché n'aurait pas vu le jour. Alors, levons nos verres... enfin, nos mugs de vin chaud... à notre village !

Un tonnerre d'applaudissements accueillit son discours, bien que quelques rires amusés fusassent à cause de sa maladresse.

Les enfants, excédés d'attendre leur tour, s'approchèrent de Célia et Victor avec un cadeau enveloppé d'un papier doré. Ils le tendirent à Célia, les yeux brillants d'excitation.

— C'est pour vous, dit timidement l'un d'eux.

Célia ouvrit le paquet avec soin et découvrit un album contenant des photos du village, des souvenirs de l'aventure, et des petits messages de remerciement écrits par les habitants. Elle serra l'album contre son cœur, émue aux larmes.

— Merci. Merci à vous tous, murmura-t-elle.

Les habitants, rassemblés autour de braseros et de tables improvisées, discutaient avec enthousiasme de leurs projets pour l'année à venir. Et tous étaient d'accord sur un point : ils n'avaient jamais été aussi unis.

Sophie, avec un grand sourire, leva un verre.

— À notre village, à nos traditions, et... au tapis glissant ! ajouta-t-elle avec malice.

Les rires fusèrent à nouveau, et Adrien, prétendant grogner, leva son verre à son tour.

— Tant qu'il n'y a pas de rose sur ce sapin, tout va bien, dit-il en souriant à demi.

Un peu à l'écart des festivités, Célia et Victor se tenaient sous le grand sapin illuminé, observant la scène avec une satisfaction tranquille.

— Je crois que ce village t'aime autant que toi, tu l'aimes, dit Victor doucement.

Célia tourna la tête vers lui, un sourire réfléchi aux lèvres.

— Peut-être… mais je crois qu'il aime aussi un certain journaliste grincheux.

Victor haussa un sourcil, amusé.

— Grincheux, hein ? Mais alors pourquoi es-tu toujours là ?

Elle haussa les épaules, un éclat malicieux dans le regard.

— Parce que parfois, les meilleures histoires ne sont pas dans les livres.

CHAPITRE 45

Victor était installé à la grande table de la librairie, un regard concentré fixé sur son ordinateur portable. Les touches du clavier produisaient un cliquetis rapide, entrecoupé par le bruit d'une tasse de café qu'il reposait régulièrement sur la table. Autour de lui, des carnets griffonnés, des coupures de journaux et quelques photos de la mine s'empilaient de manière chaotique.

Sophie, entra en trombe avec un plateau de viennoiseries, l'observa avec un sourire amusé.

— Franchement, Victor, tu crois qu'il te reste encore du sang dans les veines ou c'est juste du café, maintenant ? plaisanta-t-elle en posant le plateau sur le comptoir.

Le journaliste leva les yeux, une expression épuisée mais amusée sur le visage.

— Le café est le carburant des grands journalistes, Sophie. Tu devrais savoir ça.

Célia, qui réorganisait un rayon de romans policiers, s'approcha en croisant les bras, un sourire malicieux aux lèvres.

— J'espère que tu n'oublieras pas de mentionner mes talents d'enquêtrice dans ton article, dit-elle, un brin moqueuse.

Victor fit mine de réfléchir, les mains croisées sous le menton.

— Hmm… ça dépend. Tu veux que je t'appelle « détective en herbe » ou « casse-cou professionnelle » ?

Célia éclata de rire et haussa les épaules.

— Pourquoi pas les deux ?

Sophie, qui était en train de disposer les croissants sur une assiette, ajouta avec un sourire taquin :

— Avec tout ce que vous avez traversé, ça ferait un excellent roman. Vous devriez écrire un livre à deux. Vous avez toutes les compétences : l'un pour l'action et l'autre pour les dialogues… ennuyeux. Et vous pourriez même avoir une héroïne qui se retrouve à distribuer des croissants en pleine enquête.

Victor rit doucement.

— Et toi, tu serais quoi ? La chef de l'intendance ?

Sophie posa les mains sur les hanches, simulant une indignation exagérée.

— Moi ? Je serais l'indispensable soutien moral et gastronomique, voyons.

Le journaliste roula des yeux, mais un sourire en coin trahissait son amusement.

— Laisse-moi deviner, Sophie. Tu veux être dans les remerciements ?

— Non, corrigea-t-elle en levant un croissant. Je veux qu'on me fasse une statue.

La réplique fit éclater de rire les trois amis, ramenant une légèreté bienvenue après les événements récents.

— Allez, concentre-toi, super journaliste, ajouta Célia avec un clin d'œil. Ce dossier ne va pas s'écrire tout seul.

Victor hocha la tête, un sourire sincère aux lèvres, avant de replonger dans ses notes. Mais à travers son écran, il ne pouvait s'empêcher de remarquer la dynamique unique qui s'était créée entre eux tous, une camaraderie qui rendait ce village encore plus exceptionnel et qui le poussait à rendre son installation définitive.

Plus tard dans la journée, la mairie était remplie de l'effervescence des habitants venus discuter de l'avenir du village. Monsieur Dupuis se tenait debout, visiblement nerveux mais déterminé.

— Mes chers amis, commença-t-il en tapotant son micro. Grâce à l'incroyable solidarité dont vous avez tous fait preuve, je suis heureux de vous annoncer que les terrains de la mine ont été rachetés collectivement. Ils appartiennent désormais au village, et plus jamais ils ne seront menacés par une exploitation étrangère.

Un tonnerre d'applaudissements explosa dans la salle. Certains habitants s'essuyèrent discrètement les yeux, émus par cette victoire inattendue. Madame Rousseau, assise au premier rang, avait le dos droit et les mains croisées sur sa canne, attendant la suite.

— Nous avons décidé de transformer la mine en un site patrimonial. Et qui mieux que

Madame Rousseau, juste ici, pour en devenir la gardienne officielle ? ajouta le maire avec un sourire.

Un murmure d'approbation parcourut la foule. Les regards se tournèrent vers la vieille dame, qui, bien que surprise, se leva lentement.

— Moi ? Gardienne ? Eh bien, si je dois passer mes vieux jours à protéger ce village, je le ferai avec fierté, déclara-t-elle, sa voix légèrement tremblante.

Un élan d'applaudissements plus intense encore submergea la salle, et Madame Rousseau s'assit, touchée par l'honneur qu'on lui faisait.

Le maire invita ensuite les habitants à proposer des idées pour le développement du site patrimonial. Julien, toujours prompt à intervenir, leva la main.

— Et si on ajoutait une attraction avec des wagonnets qui descendent comme dans les films ? proposa-t-il, les yeux brillants.

Sophie éclata de rire et riposta aussitôt :

— Oui, Julien, mais seulement si tu testes toi-même la sécurité des rails.

L'échange provoqua des rires dans la salle, mais aussi une avalanche d'idées constructives. Un musée en plein air fut suggéré, ainsi que des ateliers éducatifs pour les écoles environnantes. L'idée d'une visite guidée retraçant la vie des mineurs recueillit un soutien unanime.

Après la réunion, alors que la mairie se vidait, Célia et Victor restèrent à l'arrière, discutant à voix basse. Victor rangeait ses carnets tout en observant la libraire d'un air pensif.

— Tu sais, murmura-t-il, sans toi, je ne serais pas resté ici.

Célia, surprise, leva les yeux vers lui, un sourire hésitant se dessinant sur son visage.

— C'est gentil, mais peut-être que ce village t'a aussi changé.

Victor hocha la tête, son regard se faisant plus intense.

— Peut-être. Mais une certaine libraire y est pour beaucoup.

Un silence chargé d'émotion s'installa entre eux, mais avant qu'il ne puisse durer, Sophie apparut.

— Pas de moment romantique sans moi, les tourtereaux ! lança-t-elle en riant.

La cour de la mairie se transforma bientôt en lieu de fête. Des tables furent dressées avec des plats apportés par les habitants, et une playlist de chansons de Noël anima l'atmosphère.

Sophie, tenant un verre de vin chaud, força Adrien à trinquer.

— Allez, même les grincheux ont le droit de lever leur verre ! dit-elle en riant.

Le menuisier finit par céder, provoquant des applaudissements de la part des enfants.

À l'écart des festivités, Célia observa la scène avec une sérénité nouvelle. Elle sentit une vague de gratitude l'envahir, réalisant à quel point cette aventure avait transformé le village et elle-même.

Victor la rejoignit, portant deux tasses de chocolat chaud.

— Tu vois, ce village a encore beaucoup d'histoires à raconter, murmura-t-il.

Célia hocha la tête avec un sourire.

— Et toi, tu comptes en écrire combien ?

Victor haussa les épaules, un sourire en coin.

— Autant qu'il en faudra pour rester ici.

Leurs regards se croisèrent, et sans un mot, ils retournèrent à la fête.

CHAPITRE 46

La place du village s'était métamorphosée. Sous la lumière douce des guirlandes, les chalets en bois flambant neufs scintillaient comme dans un conte de fées. L'air était saturé de parfums réconfortants : vin chaud épicé, marrons grillés, tartelettes sucrées. Des flocons de neige dansaient paresseusement dans l'air, ajoutant une touche de magie à la scène.

Les enfants couraient entre les stands, les joues rouges de froid et d'excitation. Madame Rousseau, emmitouflée dans une écharpe tricotée main, contemplait le marché avec des yeux brillants.

— Regardez ça, dit-elle, émerveillée. C'est comme si le village était re-né de ses cendres.

Élodie qui se tenait juste à côté acquiesça la larme à l'œil.

— Mon père aurait été si fier.

À ces mots, même Adrien, posté non loin, près du grand sapin qu'il avait fabriqué, ne put retenir un sourire. Un enfant s'approcha de lui, les yeux ronds d'admiration.

— Monsieur Adrien, c'est vous qui avez fait le sapin ? demanda-t-il avec une voix timide.

Le menuisier se redressa, croisant les bras d'un air faussement sévère.

— Oui, c'est moi. Mais si ce sapin tombe, ce sera la faute des guirlandes. Alors pas de bêtises, les enfants !

Le groupe d'enfants éclata de rire et s'éparpilla, laissant Adrien grogner pour la forme, tout en ajustant la grande étoile rose.

Le stand de Sophie était un véritable aimant à bonne humeur. Des tartelettes aux marrons, des biscuits décorés et des pains d'épices formaient une symphonie de douceurs.

— Deux tartelettes aux marrons, et je vous offre un sourire gratuit, lança-t-elle à un client en posant son plateau.

Julien, pour sa part, s'affairait à distribuer des flyers pour promouvoir une collecte de dons pour le futur musée de la mine. Mais sa maladresse légendaire lui valut quelques mésaventures, notamment une pile de flyers qui s'envola avec une rafale de vent.

— Julien, ce vent est pire que toi, plaisanta Sophie en ramassant un flyer tombé à ses pieds.

De son côté, Victor semblait étrangement nerveux. Il tenait un petit paquet soigneusement emballé et observait Célia de loin. Sophie, qui avait flairé la scène à venir, s'approcha avec un sourire espiègle.

— Alors, c'est pour elle ? demanda-t-elle, désignant le paquet.

Victor hocha la tête, une pointe d'hésitation dans le regard.

— Tu crois qu'elle va comprendre le message ? murmura-t-il.

Sophie leva un sourcil exagéré.

— Oh, elle comprendra. Mais ne sois pas trop subtil, Victor. Elle est libraire, pas télépathe.

Victor rit doucement, mais son expression restait concentrée. Rassemblant son courage, il s'avança vers Célia, qui admirait les décorations du sapin.

Sous le grand sapin illuminé, il lui tendit le paquet. Elle le regarda, intriguée.

— Qu'est-ce que c'est ? demanda-t-elle avec un sourire.

— Ouvre, répondit-il simplement.

Avec soin, elle déballa le cadeau, révélant un livre rare. C'était une édition spéciale d'un roman d'aventure qu'ils avaient évoqué ensemble lors d'une de leurs conversations tardives. À l'intérieur, une dédicace manuscrite :

« À Célia, qui a montré à tout un village que les meilleures histoires se vivent ensemble. »

Célia resta silencieuse un moment, lisant et relisant les mots. Une chaleur douce envahit ses joues. Elle leva les yeux vers Victor.

— Tu sais, dit-elle doucement, j'ai passé ma vie à lire des histoires... mais celle-ci, c'est la plus belle.

Victor se pencha légèrement, son regard captivé par le sien.

— Et si on écrivait la suite ensemble ? proposa-t-elle dans un souffle.

Il sourit et, bien que les mots ne vinssent pas, son expression disait tout.

Le maire monta sur une petite estrade décorée de houx et de guirlandes lumineuses. Le silence se fit progressivement, tous les regards tournés vers lui.

— Mes chers amis, dit-il, aujourd'hui, nous ne célébrons pas seulement le marché de Noël. Nous célébrons un village qui s'est levé contre l'adversité. Nous célébrons notre solidarité et notre résilience. Et pour cela, nous devons remercier deux personnes en particulier : Célia et Victor.

Une salve d'applaudissements et de cris joyeux éclata dans la foule. Sophie en profita pour lever son verre de vin chaud.

— À nos héros ! s'écria-t-elle.

Des feux d'artifice furent tirés, illuminant le ciel nocturne de couleurs éclatantes. Les enfants applaudissaient avec enthousiasme, leurs visages éclairés par les lumières dansantes.

ÉPILOGUE

Le marché de Noël, en pleine effervescence, ressemblait à une explosion de vie et de lumière. Les habitants s'y pressaient, riant à gorge déployée, un verre de vin chaud dans une main et un biscuit à moitié croqué dans l'autre, comme s'ils redécouvraient la joie d'être ensemble. On aurait dit une fête de fin d'année sponsorisée par la camaraderie et un peu trop de cannelle.

Chaque éclat de rire portait l'écho des souvenirs partagés, des anecdotes héroïques (ou exagérées) de l'aventure qui avait ressoudé le village. Même ceux qui d'habitude grinçaient des dents devant les fêtes semblaient touchés par l'esprit de Noël, ou du moins par les vapeurs généreuses du vin chaud.

Près d'un stand de marrons grillés, Célia et Sophie discutaient, enveloppées dans leurs manteaux épais. Sophie, toujours l'exubérante, scrutait la foule avec un sourire en coin.

— Alors, détective en herbe, murmura-t-elle à Célia. Tu comptes t'arrêter à un trésor et une réconciliation de village, ou tu veux finir par déchiffrer ce qui se passe dans la tête de Victor ? Je crois savoir qu'il t'a offert un petit cadeau…

Célia haussa un sourcil, le rose montant légèrement à ses joues.

— Oh, ça va. Et toi avec Julien ? Vous avez passé combien de temps à « ramasser des flyers » l'autre jour ? Trois heures ?

Sophie, prise au dépourvu, éclata de rire.

— Touchée, répliqua-t-elle. Mais au moins, moi, je n'ai pas besoin d'un guide de psychologie pour deviner ce que je ressens.

Victor et Julien arrivèrent à ce moment-là, chacun portant une tasse fumante. Victor tendit l'une d'elles à Célia, ses yeux pétillants derrière ses lunettes embuées.

— Du vin chaud pour notre héroïne, dit-il simplement.

Julien, quant à lui, passa une main dans ses cheveux, jetant un regard nerveux vers Sophie.

— Et pour toi, une double dose de patience, ajouta Victor en tendant l'autre tasse à Julien.

Le quatuor trouva un coin calme près du grand sapin, où ils s'installèrent sur un banc couvert d'un plaid. Sophie brisa le silence la première.

— Bon, écoutez, on a traversé des avalanches de drames, des tapis meurtriers et des secrets de mine. Mais il y a une chose qu'on n'a pas faite : clarifier ce qu'on ressent.

Julien faillit s'étouffer avec une gorgée de vin chaud.

— Euh... là, maintenant ? s'étrangla-t-il.

Sophie roula des yeux.

— Oui, là. Tu crois qu'on va attendre la Saint-Glinglin pour ça ?

Elle se tourna vers Célia et Victor.

— Allez, soyez honnêtes. Vous êtes prêts à continuer à jouer les âmes torturées ou vous allez enfin faire quelque chose ?

Célia ouvrit la bouche pour protester, mais Victor prit la parole en premier, son ton à la fois sérieux et amusé.

— En fait, je pense que Sophie a raison.

Célia se figea, surprise.

— Pardon ?

Victor posa sa tasse et se tourna vers elle, un sourire doux étirant ses lèvres.

— Célia, tu es la personne la plus fascinante que j'aie jamais rencontrée. Et je ne dis pas ça juste parce que tu as un talent inné pour te mettre dans des situations improbables.

Un éclat de rire nerveux s'échappa de Célia.

— Eh bien, merci, je crois ?

— Non, je suis sérieux, continua Victor. Tu as rassemblé un village, trouvé un trésor, et tu m'as rappelé pourquoi raconter des histoires avait un sens.

Il prit une inspiration.

— Et toi, tu m'as donné envie d'en faire partie.

Sophie poussa un petit cri de joie à peine contenu, tandis que Célia restait bouche bée. Finalement, elle murmura :

— Eh bien, ça tombe bien… parce que je ne voulais pas que cette histoire se termine sans toi.

Et sans autre mot, elle se pencha pour l'embrasser, une chaleur douce effaçant le froid de la nuit.

De l'autre côté du banc, Sophie applaudit doucement.

— Bravo ! Enfin ! s'exclama-t-elle. Maintenant, Julien et moi, on va vous montrer comment ça se fait.

Julien, rougissant furieusement, tenta de protester.

— Je ne pense pas que...

Mais Sophie ne lui laissa pas le choix. Elle l'attrapa par le col de son manteau et l'embrassa hardiment sous les regards amusés de Célia et Victor. Lorsqu'elle recula, Julien avait l'air d'avoir perdu tous ses mots.

— Voilà, dit-elle avec un sourire satisfait. Ce n'était pas si compliqué, si ?

Madame Rousseau passa près du banc, lançant un regard approbateur.

— Vous avez tous mérité ce moment, dit-elle doucement. Et n'oubliez pas : c'est le début d'une nouvelle histoire pour ce village.

Les quatre amis se levèrent pour rejoindre la foule, chacun porteur d'un sourire et d'une sérénité nouvelle. Alors qu'ils marchaient ensemble, bras dessus bras dessous, Sophie brisa à nouveau le silence.

— Alors, c'est officiel. Ce Noël a tout : des mystères, des baisers, et un tapis criminel. J'adore.

Célia éclata de rire.

— Et pour une fois, ce n'est pas un roman, mais bien la réalité.

Victor hocha la tête, regardant Célia avec un sourire tendre.

— Parfait. Alors, héroïne, qu'est-ce qu'on fait maintenant ?

Elle répondit, le ton léger mais plein de promesses :

— On profite. Et on attend la prochaine aventure.

REMERCIEMENTS

Merci à ma famille, mes amies, et à mon compagnon, qui soutiennent mes projets littéraires avec tant de bienveillance, qui acceptent courageusement de relire mes brouillons, et dont les bibliothèques commencent doucement à se garnir… grâce (ou à cause de) moi. Votre soutien est le plus beau des cadeaux.

DE LA MÊME AUTRICE

Polars sombres

La Marque du Diable — Hello Éditions